Ana Iris Simón

Mitten im Sommer

Aus dem Spanischen
von Svenja Becker

Hoffmann und Campe

Die Übersetzung dieses Buches wurde gefördert durch die
Acción Cultural Española, AC/E.

AC/E
ACCIÓN CULTURAL
ESPAÑOLA

Die Übersetzerin dankt dem Deutschen Übersetzerfonds
für die Förderung ihrer Arbeit an diesem Buch.

Die Originalausgabe erschien 2020 unter dem Titel
Feria bei Círculo de Tiza, Madrid.

1. Auflage 2022

www.hoffmann-und-campe.de
Alle Fotos: privat
Umschlaggestaltung: Lisa Busch © Hoffmann und Campe
Umschlagabbildung: © Domingo Pueblas
Satz: Pinkuin Satz und Datentechnik, Berlin
Gesetzt aus der Trump und der Stabil Grotesk
Druck und Bindung: GGP Media GmbH, Pößneck
Printed in Germany
ISBN 978-3-455-01482-2

HOFFMANN
UND CAMPE

Ein Unternehmen der
GANSKE VERLAGSGRUPPE

Für Mari Cruz, María Solo und alles,
was sie hervorgebracht haben

Solang noch ein Baum im Olivenhain bleibt.
Und ein Segel auf dem Meer.

El Último de la Fila, »Mar Antiguo«

Und da ist ein Kind / das alle Dichter
verlieren / Und eine Spieluhr /
über dem Wind.

Federico García Lorca, »Poema de la feria«

Inhalt

Das Ende der Einzigartigkeit

Ich beneide meine Eltern um ihr Leben in meinem Alter

Ich beneide meine Eltern um ihr Leben in meinem Alter. Wenn ich das laut ausspreche, sehen mich immer welche befremdet an und sagen etwas, wie dass meine Eltern in meinem Alter nur halb so viel gereist seien wie ich, und sie würden ihre Eltern kein bisschen beneiden, sie müssten noch jede Menge unternehmen, bevor sie »ankommen«. Wir seien heute freier, und unsere Eltern hätten nicht zwei Fächer studieren und einen Master in Englisch machen können und sie hätten auch kein Jahr Doritos futternd und kreuz und quer vögelnd in Brüssel verbringen können dank diesem sogenannten Erasmus-Programm, das doch nur eine Strategie zur Dynastiebildung im einundzwanzigsten Jahrhundert ist, eine Subvention, damit die europäische Mittelschicht sich miteinander paart und sich europäische Geschlechtskrankheiten holt und feiert, dass das hier Europa ist und der europäischen Wesensart entspricht und wir ja nicht von ungefähr die Enkel sind von Homer und Platon.

Tatsache ist, dass meine Eltern in meinem Alter ein siebenjähriges Kind hatten und ein Reihenhaus in Ontígola, Provinz Toledo. Die Ana Mari hatte gerade mit dem Rauchen aufgehört, und von dem gesparten Zigarettengeld kaufte sie sich ihren Thermomix, und darum beneide ich sie, und wenn ich das sage, denken die anderen oft, dass ich sie nicht mehr alle habe, und als Antwort denke ich dann: Du bist zweiunddreißig, du verdienst tausend Euro im Monat, wohnst in einer WG, und das, was du alles noch machen musst, bevor du »ankommst«, ist, ein Jahr sparen, um für zehn Tage nach Thailand zu fliegen, obwohl du dich noch nie dafür interessiert hast, was in Thailand passiert oder wie es dort ist, eine Pille einwerfen und an deinen Leuten auf Festivals rumfummeln, wo du nicht mal die Hälfte der Bands kennst, aber so tun musst, als ob, und glauben, dass die Serien, die du dir anschaust, und die Bücher von Blackie Books, die du liest, Teil deiner ureigenen Identität sind. Das sage ich natürlich nicht, das denke ich nur für mich.

Stattdessen sage ich, dass unsere Eltern auf Fotos älter aussehen, als sie waren, und älter als wir in ihrem Alter. Viele Dreißigjährige würden ja denken, es sei angemessen, in Innenräumen Mütze zu tragen, sage ich schon recht streng, oder es sei überhaupt angemessen, mit dreißig Mütze zu tragen. Ich sage außerdem, dass unsere Eltern wahrscheinlich geheiratet, Kinder bekommen und sich verschuldet haben, weil sie dem unterlagen, was man gemeinhin »soziale

Zwänge« nennt, weil »man das eben so gemacht hat«, sich aber einzubilden, über unseren Köpfen würden nicht auch ähnliche Zwänge schweben, sei der beste Beweis dafür, dass sie es täten und dass wir uns das mit der freien Entscheidung und dem Fortschritt und der liberalen Demokratie als einzig möglichem Arkadien vielleicht nur eingebildet hätten. Super Arkadien, danke.

Seit zehn Jahren wird es uns gesagt, aber wir weigern uns, es zu glauben. Wir sind die erste Generation, die schlechter lebt als ihre Eltern, sind die, die die Finanzkrise von 2008 wegstecken mussten, als wir gerade mit der Uni anfingen oder fertig wurden oder mit dem Bachelor oder mit der Oberstufe, und danach das Coronavirus, als wir gerade mit der Vorstellung liebäugelten, wir könnten uns vielleicht in ein paar Jahren eine Wohnung für uns allein leisten.

Unsere Zwänge sind vorhanden, und sie sind materiell, und oft spreche ich mit meiner Freundin Cynthia darüber, dass das mit dem sozialen Aufstieg für mich oder für sie oder für unsere Freundin Tamara leicht war, dass es leicht war, den Lebensstil unserer Briefträger- und Kellner- und Putzfrauen- und Straßenkehrereltern zu übertreffen oder den unserer Industriearbeiter- oder Bauern- oder Schaustellergroßeltern, dass das aber auf unsere übrigen Freunde, auf die aus der Mittelschicht, die Kinder von Lehrern und Ärzten und Anwälten und Unternehmern, nicht zutrifft. Und dass unsere Eltern trotzdem, auch wenn sie null akademische Abschlüsse hatten, in unserem Alter dennoch Kinder und Hauskredite und Wohneigentum hatten.

Weil man das so machen musste, keine Frage. Aber auch, weil sie das machen konnten.

Wir dagegen haben weder Kinder noch Haus, noch Auto. Unser Eigentum besteht aus einem iPhone und einem Ikearegal für dreißig Euro, weil wir uns nicht mehr leisten können, und das sind unsere Zwänge, und sie sind materiell. Wobei wir uns aber selbst einreden, es sei Freiheit, auf Kinder und Haus und Auto zu verzichten, denn »wer weiß, wo ich morgen bin«. Man hat uns glauben machen, zu wissen, wo wir morgen sind, sei eine Fessel, von der wir uns zum Glück befreit hätten, Auswanderung und Einwanderung seien Chancen, neue Kulturen kennenzulernen und die Welt in einen Schmelztiegel aus Sprachen und Farben zu verwandeln und nicht in einen Saustall, und sich eine Wohnung zu teilen sei eine Erfahrung fürs Leben und nicht, ab einem gewissen Alter, ein beschämendes Detail, das man lieber für sich behält.

Einmal saßen wir abends daheim in unserer WG im Zentrum von Madrid, und Jaime, mit dem ich seit meinem vierzehnten Lebensjahr befreundet bin und der ein paar Monate bei mir wohnte, bevor er seine Freundin Patricia kennenlernte und zu ihr zog, widersprach mir und sagte, nein, unsere Zwänge seien nicht materiell oder jedenfalls nicht nur. Er sagte, während er die Playstation für ein paar Runden Fortnite anschloss, in seinem Alter hätten seine Eltern schon ihn gehabt und seinen Bruder Guillermo, sie hätten aber auch weniger Geld gehabt als er und das trotzdem riskiert, und mit dem, was er da sagte, hatte er recht. Jaime gehört zu den Freunden, mit denen ich am liebsten rede, weil er aus

Erfahrung spricht, er braucht kein Bücherwissen, keine großen Theorien oder Autoren, auf die er sich berufen kann, und hat häufiger recht als diejenigen, die das tun, weil er nur über das redet, was er sieht und erlebt.

Und an dem Abend, als er mir das sagte, dass unsere Zwänge nicht nur materiell sind, dass wir keine Kinder hätten, weil wir keine haben wollten, da hatte er recht. Jaime verdient mehr, als seine Eltern in seinem Alter verdient haben. Ich habe mehr Geld, als meine Eltern in meinem Alter hatten, und mehr, als sie jetzt haben. Und doch saß ich da mit meinen achtundzwanzig Jahren in einer WG im Zentrum von Madrid in einem T-Shirt mit Camelwerbung, das ich bei meinem Vater abgegriffen hatte, und in meiner Schlafanzughose, die eigentlich die Turnhose aus dem Sportunterricht in meinem ersten Oberstufenjahr war, saß da ohne Haus, ohne Kinder und trank Wasser aus einem Schraubglas statt aus einem Wasserglas. Saß da und mäkelte an diesem würdelosen Jugendlichkeitswahn herum, den ich nicht besser und umfassender hätte verkörpern können.

Wenige Tage später fragte ich meinen Vater über WhatsApp, ob er meinte, dass ich schlechter lebte als sie in meinem Alter, und er schrieb zurück, ich solle keinen Unsinn reden. Nachdem ich das gelesen hatte, rief ich ihn an, und wir sprachen über unsichere Arbeit und Fortschrittsglauben und Spätkapitalismus und dass am Ende nur sehr wenig wirklich zählt im Leben, bis er sagte, ihm täte das Ohr weh, es sei schon ganz platt, und wir auflegten.

Jedes Mal, wenn wir dieses Fass aufmachen, ob man

früher besser gelebt hat oder heute besser lebt, und das tun wir öfter, wird er ungeduldig und erzählt mir, dass er mit zehn Jahren schon in die Weinlese musste, und mir geht es dann, wie wenn er mich fragt, wie wir der Fahne je eine andere Bedeutung geben wollen, wo er bei Don Leonidio in der Schule vor diesem Fetzen die Faschohymne »Cara al Sol« singen musste und gesagt bekam, sein Großvater hätte sich für die schlechten Spanier entschieden: Mir fällt nichts mehr ein. Aber ihm fällt auch nichts mehr ein, wenn ich sage, in seiner Generation habe man die Aussicht darauf gehabt, dass die eigenen Kinder nicht schon mit zehn würden arbeiten müssen, und meine Generation habe nie im Leben Aussicht auf einen unbefristeten Arbeitsvertrag, und deshalb hätten wir keine Kinder und könnten sie also auch nicht in die Weinlese schicken.

Ich sage ihm allerdings nicht, dass einige trotzdem Kinder haben, einige weiter Kinder bekommen, und dass ich das nicht deshalb weiß, weil ich es in meinem Viertel oder meinem Umfeld sehen würde, sondern auf Facebook. Neulich habe ich gesehen, dass Armando, ein früherer Mitschüler, bald sein erstes Kind haben wird. Zu der Ankündigung hatte er ein Foto von einem sehr kleinen Valentino-Rossi-Helm gepostet, weil er von Motorrädern schon als Kind begeistert war, und ich habe mich sehr gefreut, weil er ein guter Vater sein wird. Seine Lebensgefährtin kenne ich nicht, und über sein Leben weiß ich nur, was ich auf meiner Pinnwand sehe, wenn ich alle zwei, drei Monate draufschaue, aber ich stelle mir vor, dass sie schon viele Jahre ein Paar sind.

Als wir zusammen auf die Vicente Aleixandre gingen, trug Armando eine Brille mit Flaschenbodengläsern und zeichnete im Unterricht ständig Dinosaurier, und er zeichnete sie sehr gut. Er war der beste Schüler in der B, zusammen mit Pablo Sierra, der am Ende Geschichte studierte, weil ihm die Geschichte gefiel. Armando hat dagegen anscheinend einen mittleren Abschluss gemacht und ist immer in Aranjuez geblieben, oder jedenfalls sieht das auf Facebook so aus. Und bestimmt beneidet er seine Eltern nicht um ihr Leben in seinem Alter, weil seins ziemlich ähnlich ist.

Das Problem liegt bei mir, dachte ich an dem Abend mit dem die Playstation anschließenden Jaime und meinem T-Shirt mit Camelwerbung und meiner Schlafanzughose, die eigentlich die Turnhose aus dem Sportunterricht in meinem ersten Oberstufenjahr war. Das Problem liegt bei mir, weil ich mich für den Reisepass mit ein paar Stempeln drin entschieden habe und für das Abo von Netflix und Filmin und HBO. Das Problem liegt bei mir, weil ich mich vor allem anderen auf der Welt für die Uni entschieden habe und für das Zentrum von Madrid und für die Ausstellungen in La Casa Encendida und für die Nächte auf der Dos de Mayo mit allem, was das ausschließt, und alles, was das ausschließt, ist das, was mich eigentlich ausmacht: ein Reihenhaus in Ontígola, wo es noch alte Frauen gibt, die in Höhlen wohnen, und wo ich zur Kommunion gehen konnte, weil ich Don Gumersindo austrickste, dass wir sonntags, wenn keine Erwachsenen in der Nähe waren, auf den Hänger vom Traktor kletterten und meine Großmutter María Solo mir drohte, wenn ich nicht das Heiligenbildchen bei mir trüge, von dem mein Vater nichts wissen durfte, dann würde mir der böse Blick angehext.

Das Nolan-Diagramm, das bei Twitter so angesagt ist und das einem anhand von zwei Vektoren, der Haltung zu ökonomischer und der zu persönlicher Freiheit, sagt, welcher Ideologie man angehört, beinhaltet noch zwei Aspekte, den theoretischen und den anthropologischen, aber davon merken wir anscheinend nichts, und das ist eine der Leistungen des Liberalismus: dass wir von seiner Logik bis auf die Knochen durchdrungen sind, ohne es weiter mitzukriegen. Seine größte Leistung besteht darin, dass er als neutral durchgeht, als ideologiefrei, als normal und aseptisch, und er uns obendrein hat vergessen lassen, dass mit seinem Wirtschaftsmodell ein paar Werte einhergehen. Und dass es miteinander vereinbar scheint, wenn man das eine ablehnt, das andere aber bejubelt und danach lebt, und dass wir das tatsächlich massenhaft tun.

An dem Tag, als ich den Post von Armando auf Facebook sah, und an dem Abend, als Jaime sagte, wir hätten keine Kinder, weil wir keine haben wollten, dachte ich, wenn ich am liebsten über die Familie und über das Leben früher schreiben würde, dann vielleicht nicht, weil mir das Schreiben, sondern weil mir die Familie und das Leben früher gefallen. Außerdem, dass bei mir seit vielen Jahren etwas im Argen liegt, und dass ich dafür nicht den anderen die Schuld geben kann oder jedenfalls nicht ausschließlich. Ich kann schlecht behaupten, man hätte mir die Katze im Sack verkauft, denn damit einem jemand die Katze im Sack verkauft, muss man sie erst mal kaufen wollen.

Als Jugendliche und junge Erwachsene hatte ich viel über Madrid geschrieben, wie wir, wenn wir jung sind und in der Peripherie wohnen, über Madrid schreiben, als wäre Madrid eine Art Macondo aus *Hundert Jahre Einsamkeit,* wo es keine Frösche regnet, es einem aber so super geht an der Plaza de las Comendadoras am Abend. Ich hatte mir ausgemalt, wie ich mit Anfang dreißig, schon mit ersten grauen Haaren und mit zwei Babys, in einer Wohnung im Zentrum leben würde, inklusive einer Terrasse und Monsteras und Yuccapalmen und vielen Büchern vom Taschen Verlag im Wohnzimmer. Ich hatte auf die herabgesehen, die in Aranjuez wohnen blieben, wie provinziell, in so einem kleinen Ort, der so wenig zu bieten hat. Aber wer provinziell war und wenig zu bieten hatte, war ich, und klein waren mein Herz und meine Sichtweise.

Ich war es doch, die sich entschieden hatte, in einem Themenpark zu wohnen, die geglaubt hatte, wenn ich mit Anfang zwanzig in dem arbeitete, was meine Leidenschaft ist, dann wäre schon das ein Erfolg, und sei es für tausend Euro und kaum abgesichert, ich hatte doch gedacht, nur arme Leute würden jung Kinder bekommen, so wie meine Eltern, und es mit unter dreißig nicht mal in Erwägung zu ziehen wäre ein Zeichen dafür, dass etwas vorangeht, wo es genau umgekehrt ist. Ich war es doch, die zwar nicht viel, aber eben das eine oder andere hatte machen müssen, bevor ich »ankomme«, und wenn das heute einer zu mir sagt, dann antworte ich, dass bei mir nichts davon übrig ist, oder, mehr noch, dass es nichts davon je gegeben hat. Das sei alles Schall und Rauch und Nichts und Gott nicht tot, sondern ermordet, und die Freizeit das Opium des Volks, und mit mir sei los, dass ich meine Eltern beneide um ihr Leben in meinem Alter, und ich beneide sie, weil die Ana Mari in meinem Alter eine Festanstellung hatte, die sie bis heute, über zwanzig Jahre später, immer noch hat, und dabei nimmt sie die Arbeit nicht mal halb so wichtig wie ich oder jedenfalls anders wichtig.

In meinem Alter hatte die Ana Mari eine siebenjährige Tochter (mich), einen Thermomix, den sie sich vom gesparten Zigarettengeld gekauft hatte, und einen Hauskredit. Und bestimmt hatte sie auch eine sehr klare Vorstellung von dem und ein nahezu blindes Vertrauen auf das, was sie heute selbst trügerisch nennt, und vielleicht ist das der springende Punkt. Vielleicht beneide ich meine Eltern deshalb um ihr Leben in meinem Alter, weil ich manchmal, so ohne Haus und ohne Kinder aus welchen Gründen auch immer, aber jedenfalls als Folge davon, dass sich perspektivisch kaum etwas anderes als Unsicherheit auftut, weil ich also manchmal mein winziges Reich, mein Ikearegal und mein Handy darum geben würde, dass mir jemand eine schlüssige, konkrete und realistische Definition von dem lieferte, was gemeint war und gemeint ist mit Fortschritt.

Aramís, krieg ich einen Kuss von dir?

Es war heiß, und es gab schon viele Fliegen, als meine Tante Ana Rosa meinen Cousin Pablo, meine Cousine María und mich in die Bäckerei Orejón schickte. Ich hatte ein T-Shirt an, auf dem stand: »Meine Großeltern, die mich sehr lieb haben, haben mir dieses T-Shirt aus Vigo mitgebracht«, das meine Großmutter Mari Cruz und mein Großvater Vicente auf einer staatlich geförderten Seniorenreise für mich gekauft hatten, und María trug ein Baumwollkleid mit Fransen und einem aufgedruckten Hund, dem vom vielen Waschen Körperteile fehlten. Wir sollten die Baguettes für die Tortillabrote kaufen, und ich befehligte den Marschtrupp als stolzer Feldwebel, weil Pablo sechs war, María fünf, ich aber schon acht. Die Tür war noch zu, denn es war früh, also klingelten wir. Der Orejónbäcker öffnete, und im ersten Moment, bevor ich den Kopf hob und ihm ins Gesicht sah und ihm erklärte, dass wir Brot kaufen wollten, sah ich nur einen haarigen Bauch, und der Nabel war ausgestülpt.

Er führte uns in den Verkaufsraum, wo es nach Mehl

und nach Ofen roch und noch schummrig war, und gab uns die Brote. Als sich die Tür hinter ihm geschlossen hatte, tuschelten wir über seinen ausgestülpten Nabel, weil wir alle drei auf seiner Höhe gewesen waren und ihn bemerkt hatten, und dann rannten wir los zum Haus von meinen Großeltern, was auch das Haus von Pablo und María war und von meiner Tante Ana Rosa. Hüpfend liefen wir die Calle el Cristo hinunter und riefen dabei, dass der Nabel vom Orejónbäcker ausgestülpt war, und wie ausgestülpt der Nabel vom Orejónbäcker war. Pablo konnte seinen auch rausholen, und wenn er das tat, nannten wir ihn Marsmännchenmaul, und wenn die Ana Rosa ihn dabei erwischte, dass er das tat, dann schimpfte sie mit ihm, und wenn sie meine Cousine Marta oder mich, die älter waren als Pablo, dabei erwischte, dass wir ihn aufforderten, das zu tun, dann schimpfte sie mit uns, wir würden ihn aufhetzen. Bei unserer Ankunft erzählten wir drei ihr im Chor aufgeregt das vom Orejónbäcker, während wir ihr die Brote gaben, und sie sagte, wir sollten sie nicht um das Wechselgeld betuppen und schnell machen und unsere Rucksäcke packen, die Juli und Pepe seien gleich da.

Pepe war auch ein Onkel von mir, einer der Brüder meines Vaters, und die Juli war seine Frau, und wir würden zusammen mit ihren Kindern, die auch meine Cousinen und Cousins waren, ins Aquopolis nach Villanueva de la Cañada fahren. Meine Eltern waren wieder heim nach Ontígola gefahren und hatten mit meinem Onkel und meiner Tante ausgemacht, dass die mich nach dem Tag im Wasserpark nach Hause bringen würden. In den Peugeot 309 von meinem Onkel

Pablo und der Ana Rosa stiegen, ohne Kindersitze und Gurte, mein Cousin Pablo und meine Cousine María, also ihre Kinder, und ich mit meinem Cousin Alberto, dem Mittleren von Pepe und der Juli. In den schwarzen Ford Orion von Pepe und der Juli stiegen deren Tochter Isabel, meine Cousine, die wie María fünf Jahre alt war und der ihre Brüder beigebracht hatten, alle Vokale zu rülpsen, außerdem ihr Bruder Mario, von meinen Cousins einer der Ältesten, und zwei Freunde von ihm: Edu und Repi, der lange Haare hatte und einen Mittelscheitel und der für mich aussah wie Quimi aus der Serie *Compañeros*, aber das sagte ich ihm nicht.

In beiden Autos saß einer zu viel, und als wir die Autobahn erreichten und sahen, dass die Guardia Civil dort stand, wurde mein Onkel Pablo nervös und fürchtete, wir würden einen Strafzettel bekommen, deshalb mussten wir umdrehen und die Nationalstraße nehmen. Es war nicht meine erste Fahrt als eine zu viel im Auto. Mit fünf war ich auf dem Schoß meiner Tante Arantxa von Criptana nach Ontígola gefahren und hatte mich geduckt, als meine Großmutter María Solo sagte, ich solle mich ducken, da vorn würde die Guardia stehen. Mit meinen Eltern war das nie vorgekommen, obwohl wir fast jeden Freitag von Ontígola nach Criptana fuhren und sonntags wieder zurück, erst im Lada und später im Clio.

Die Ana Mari nahm immer viel zum Anziehen mit, und mein Vater lachte darüber, dass sie so viel zum Anziehen mitnahm, wo wir bloß zwei Tage ins Dorf fuhren. Die Kleidungsstücke, die leicht verknitterten, hängte sie auf Bügeln an die Handgriffe im Fond des

Lada, und einen Gutteil der Fahrt brachte sie damit zu, mit mir zu schimpfen, weil ich sie anfasste, und wenn ich antwortete, ich würde sie gar nicht anfassen, was nicht stimmte, weil ich zu gern mit der Hand über die Sachen von der Ana Mari strich, dann sagte sie, ich solle nicht schnippisch sein und nicht solche Antworten geben. Dann fing ich an, aus dem Fenster zu schauen, und spielte, ich würde Dinge in den Wolken sehen, weil das die Kinder in Filmen taten, wenn sie im Auto unterwegs waren, still aus dem Fenster schauen und Dinge in den Wolken sehen. Aber das wurde mir schnell langweilig, und ich sagte zu meinem Vater, dass er die Kassette von El Último de la Fila rausnehmen und für mich die von den Toreros Muertos einlegen sollte, die mit dem Lied übers Pinkeln.

Wir fuhren wegen der Familie so oft nach Criptana, aber auch, damit die Ana Mari und mein Vater, die beide Anfang zwanzig waren, ihre Freunde treffen konnten, Onkel Domingo und Onkel Juan, wie ich sie nannte, und wenn sie mit ihnen feiern gingen, dann sagten sie zu mir, sie würden auf die Beerdigung von Manolo Cacharro gehen. Die ersten Male glaubte ich das, wie sollte ich auch eine Beerdigung bestreiten, ich war ja ein Kind und kannte mich nicht aus mit dem Tod, aber eines Abends baute ich mich vor ihnen auf und fragte, wie oft dieser Manolo Cacharro denn noch vorhätte zu sterben. Meine Großmutter María Solo, bei der sie mich ließen, wenn sie feiern gingen, lachte und sagte, die beiden würden was trinken gehen, aber wir beide würden den Russischen Salat zu Abend essen, den sie uns gemacht hatte, und dann Tute spielen, und morgen sei ja Wochenmarkt in Las Mesas und da müsse ich meinem Großvater Gregorio und ihr beim Aufbauen helfen.

Aber an dem Aquopolis-Tag hatte ich nicht bei meiner Großmutter María Solo übernachtet, sondern bei Pablo und María, die Bettdecken mit den *101 Dalmatinern* hatten und außerdem Rex, den Dinosaurier aus *Toy Story*. Über die Nationalstraße kamen wir ohne Strafzettel an, und eine Weile stritten wir, ob wir erst zu den Hangrutschen oder zum Splash gehen sollten, und ich erzählte meinen Cousins und Cousinen, dass es in Aranjuez auch ein Aquopolis gab, bloß dass alle »das Schwimmbad vom Toten« dazu sagten, weil dort einer gestorben war, der die Rutsche runtergerutscht war, und sie glaubten mir nicht, aber es stimmte.

Wir einigten uns darauf, am besten erst zu den Hangrutschen zu gehen, weil Isabel und María, die noch klein waren, dort rutschen durften, und als wir ankamen, sahen wir einen Reporter der Realityshow *Aquí hay tomate* mit einem Mikrofon in der Hand, und bei ihm war Aramís Fuster. Sie steckte in einem Badeanzug mit Leopardenmuster und trug das Haar in einem üppigen hohen Zopf. Während sie die Stufen ins Wasser hinabstieg, schaute sie von einer Seite zur anderen und strich sich mit sinnlicher Geste übers Haar, und wir rannten zu den Handtüchern, um der Juli und der Ana Rosa davon zu berichten, und machten sie mit wiegenden Hüften nach. Die Ana Rosa meinte lachend, ich solle zu ihr hingehen und Hallo sagen, und wir rannten zurück zum Becken, und als der Kameramann sie aufforderte, aus dem Wasser zu kommen, trat ich hinter der Hecke hervor, wo wir gestanden hatten, schaute hoch und fragte sie: »Aramís, krieg ich einen Kuss von dir?«, und sie gab mir einen, und der Reporter von *Tomate* verabschiedete sich mit einem Blick in die Kamera und rief: »Seht ihr? Sogar die Kinder sind verrückt nach ihr!«

Meine Cousins und Cousinen erzählten es meiner Tante Ana Rosa und meinem Onkel Pablo und meinem Onkel Pepe und der Juli, und die lachten noch Jahre später über das »Aramís, krieg ich einen Kuss von dir?«, und immer wenn sie darauf zu sprechen kamen, war mir das sehr peinlich, denn Aramís war durchgeknallt, und geküsst hatte sie mich, weil ich sie darum gebeten hatte, aber ich hatte ja auch noch nie einen Promi aus der Nähe gesehen. José Bono, eigentlich Pepe, seit die Ana Mari ein Selfie mit ihm gemacht hatte, als er zur Rathauseinweihung nach Ontígola kam, also Pepe, den Präsidenten der Region, hatte ich schon aus der Nähe gesehen, aber einen richtigen Promi nie.

Als sie mich sonnenverbrannt und mit geröteten Augen nach Ontígola zurückbrachten und meinen Eltern davon erzählten, lachten die auch und malten sich aus, wie sie Telecinco verklagen und einen Batzen Geld einstreichen würden, sollte ich im Fernsehen ohne die Pixel auftauchen, die über das Gesicht von Andreíta gelegt wurden, der Tochter vom Torero Jesulín und dem Fernsehpromi Belén Esteban.

Die Ana Mari und mein Vater waren gerade aus dem Leclerc zurückgekommen, und ich war sauer auf sie, weil sie ohne mich dort gewesen waren, wo ich doch so gern in den Leclerc ging. Er hatte erst vor kurzem in Aranjuez eröffnet und war der erste große Supermarkt, den ich in meinem Leben gesehen hatte, und es war dort ganz anders als bei der Rocío, in der Bäckerei von der Benita oder beim Orejónbäcker, dessen haariger Bauch und ausgestülpter Nabel mit das Erste gewesen waren, was ich gleich nach dem Aufstehen gesehen hatte.

Einkaufen war fast immer Sache meines Vaters, und manchmal nahm er mich mit in die Markthalle von Ocaña, um Hähnchen zu kaufen, und ich hatte das Gefühl, dass der Geruch nach totem Tier und nach Chlorreiniger und nach den Kohlblättern auf dem Boden an mir kleben blieb. Andere Male fuhren wir zum Leclerc, und wenn ich Glück hatte, kaufte er mir ein Buch oder das Witch-Heft in der Zeitschriftenabteilung, und dort roch es trotz allem nach nichts, und mir kam das vor wie die Zukunft, die Modernität und die einzige Verheißung, die zählte.

Im Leclerc war alles fein säuberlich sortiert und in Plastik verpackt, nicht wie in der Markthalle von Ocaña, wo sie einem die Filets in graues Wachspapier einschlugen, auf dem stand »Danke für Ihren Besuch, kommen Sie bald wieder«, und wo ich immer dachte, hoffentlich nicht, hoffentlich kommen wir so schnell nicht wieder oder hört die Markthalle von Ocaña wenigstens auf, nach totem Tier zu riechen und nach Chlorreiniger und nach Kohlblättern auf dem Boden, und vielleicht installieren sie endlich LED-Anzeigen wie im Leclerc, statt dass man an jedem Stand fragen muss, wer der Letzte ist in der Schlange.

Bald würden wir den Euro haben. In der Schule übten wir schon mit Münzen und Scheinen aus Pappe, und ich konnte es kaum erwarten, im Süßwarenladen El Duende mit Euros zu bezahlen statt mit den schäbigen Fünf-Peseten-Münzen, die bloß als Stopper für die Kreiselschnur oder als Gabe an den heiligen Pankratius taugten. Die Markthalle von Ocaña und die Euros konnte es nicht gleichzeitig geben, denn wenn wir die Münzen bekommen würden, dann würden sie glänzen und modern sein, und wir wären das ebenfalls und wir würden zu Europa gehören, dachte ich und schrieb das in mein Tagebuch. Die Euros waren der Leclerc, die Peseten der Hähnchenstand, der die Oberkeulen noch in graues Wachspapier einschlug.

Zusammen mit dem Leclerc hatte in Aranjuez auch ein riesiger Chinesenladen aufgemacht, der, seiner Zeit voraus, statt mit »Alles für 100 Peseten« auf seiner Leuchtreklame mit »Alles für 60 Cent und 1 Euro«

warb. Das hatte Rubén in der Mathestunde erzählt, während wir zur Übung mit unseren Pappeuros taten, als würden wir Wechselgeld geben. Ich hatte den Laden noch nicht gesehen, denn wenn wir Haargummis brauchten oder ein Sieb oder einen Mörser, dann gingen wir weiterhin zum Haushaltwarenladen Abanico oder zum Don Pimpón Chollo, und ich verstand nicht, wieso wir weiter zum Abanico oder zum Don Pimpón Chollo gingen, wie ich auch nicht verstand, wieso wir manchmal auf den Markt von Ocaña gingen statt in den Leclerc.

Ich erinnerte mich, dass ich gehört hatte, wie sich meine Großmutter María Solo vor ihrem Tod über die Chinesen beklagte. Also nicht über sie, aber über ihre Läden, die allerorten wie Pilze aus dem Boden schossen, aber ich erinnerte mich auch, dass sie sich über die Einkaufszentren und den Indiana Bill beklagt hatte, das neue Bällebad in Aranjuez, und über Pizza Hut, »weil Spielzeug kaufen oder Karussell fahren oder einen Hamburger essen konntest du früher bloß auf dem Jahrmarkt, und was jetzt«. »Und was jetzt« bedeutete, dass Jahrmärkte sinnlos geworden waren, weil das Leben, die Welt, unser Dasein als solches zu einem Jahrmarkt geworden waren.

Auf diese Klagen entgegnete ich nie etwas, denn niemals hätte ich meiner Großmutter María Solo widersprechen können, aber in mein Tagebuch schrieb ich, dass ich die Chinesenläden gut fand und die Einkaufszentren und den Indiana Bill und den Leclerc und den Pizza Hut, und den Burger King, der gegenüber vom Palast von Aranjuez gebaut wurde, den fand ich auch gut, obwohl mein Vater sagte, dort würde er nicht mit mir hingehen, das sei Amikram.

Ebenfalls Amikram war in seinen Augen Actimel, das gerade auf den Markt gekommen war und das alle meine Freunde als Pausenfrühstück dabeihatten, während ich beschämt mein belegtes Brot oder meine Doppelkekse mit Schokolade auspackte, auch wenn die mir gut schmeckten, und abends bekniete ich meinen Vater, dass er mir Actimels kaufte, alle Kinder würden die mitbringen, aber damit hatte ich nie Glück.

Er sagte: »Schau her, was mein Finger sagt«, hob seinen Zeigefinger und bewegte ihn hin und her und antwortete, wenn ich ein Actimel wolle, dann solle ich mir einen Joghurt schütteln, und ich war eingeschnappt und ging hoch in mein Zimmer und dachte, dass er von nichts eine Ahnung hatte, weil er weder die Euros noch die Lieder auf Englisch, noch den Burger King oder die Actimels mochte und weiter für Hähnchen zum Markt nach Ocaña fuhr und es ihm egal war, dass es dort nach totem Tier roch und Fliegenlampen von der Decke hingen. Jahre später musste ich ihm recht geben, aber meinem Vater muss ich sowieso immer recht geben, und sei es Jahre später. Ich wohnte dem Ende von Spanien bei, dem Ende der Einzigartigkeit. Und ich kriegte es nicht mit.

Draußen: die Welt

Rebecas Hochzeit

Am 13. Juli 1997, ich war gerade sechs geworden, war die Hochzeit von Rebeca, einer Cousine meiner Mutter, Tochter von meiner Großtante Toñi. Sie heiratete die Maus, einen sehr schmächtigen Mann mit stark geschlitzten Augen, der sehr viele Schwielen an den Händen hatte, oder jedenfalls kam mir das so vor. Er arbeitete auf dem Land, und irgendwo hatte ich aufgeschnappt, dass er am letzten Tag der Lese immer im Anzug in den Weinberg ging, und ich dachte damals, dass der ihm zu groß sein müsste und vom Knie abwärts Falten schlug, weil die Maus doch ein so kleiner Mann war und so kleine Anzüge nicht hergestellt wurden, sodass ich mir ausmalte, wie er sich ständig die Ärmel hochschob, ehe er die Trauben mit dem Rebmesser abschnitt.

Zwei Jahre vor ihrer Hochzeit hatten Rebeca und die Maus ihre Tochter Coraima bekommen, die das hübscheste Mädchen der Welt war und so hieß wegen einer Figur aus einer Fernsehserie, die meine Großmutter und die Toñi schauten. Die Coraima war immer herausgeputzt und roch nach Nenuco-Babyduft, und sie weinte fast nie, und als ich hörte, dass Rebeca und die Maus heiraten würden, war ich sehr neidisch, dass die Coraima auf die Hochzeit ihrer Eltern gehen konnte, weil eins meiner Lieblingsvideos das von der Hochzeit meiner Eltern war. Ich sah es fast so oft wie *Das Dschungelbuch* oder *Anastasia*, den mir meine Tanten mütterlicherseits geschenkt hatten und den mein Vater mich nicht gern schauen ließ, weil er ihn konterrevolutionär fand.

Auf dem Hochzeitsvideo waren die Familien von meinem Vater und von meiner Mutter zusammen zu sehen, und ich ärgerte mich, weil ich nicht drauf war. Ich ärgerte mich, weil ich nicht beim Büfett herumrannte, während jemand zu mir sagte, ich solle nicht herumrennen, und ich ärgerte mich, weil ich die Zitronensorbets nicht mit Brot mischen konnte und mit dem Ketchup, den es zum panierten Schnitzel gab auf der Kinderkarte im Festsaal der Pelos, wo meine Eltern ihre Hochzeit gefeiert hatten und wo viele Leute aus dem Dorf ihre Hochzeit feierten, wenn sie Hochzeit feierten. Ich ärgerte mich, weil ich auf dem Video nicht zu finden war zwischen meinen Onkeln und Tanten, die Gambas aßen oder DYC Whisky tranken oder rauchten, denn als mein Vater und die Ana Mari Hochzeit feierten, im Jahr neunzig, wurde in Restaurants noch geraucht und in Diskotheken, in Zugabteilen und in Klassenzimmern und im Beisein von Kindern.

Ich mochte die Kaleidoskopeffekte und die Farbfilter, mit denen das Video von Pacheco bearbeitet worden war, dem Fotogeschäft bei uns im Dorf, und ich mochte die Schulterpolster und die Spitze am Brautkleid von der Ana Mari. Mehr als einmal beschwerte ich mich bei meinen Elter – bei meinem Vater und bei der Ana Mari –, dass sie nicht auf mich gewartet hatten, dass sie mich nicht hatten dabeihaben wollen bei etwas so Wichtigem, worauf mein Vater immer antwortete, sie hätten ja nicht gewusst, dass ich eintreffen würde und dass ich nach meinem Eintreffen so scharf darauf sein würde, bei ihrer Hochzeit gewesen zu sein.

Dann fragte ich ihn immer, wo ich bei ihrer Hochzeit gewesen war, und er sagte, es hätte mich noch nicht gegeben, und ich stellte gleich die nächste Frage, wo die Kinder denn waren, bevor es sie gab. Er sagte, nirgends, es würde sie nicht geben, sie wären nicht. Ich bestand darauf, das könne nicht sein, denn wenn ich nur so dasaß und er mich fragte, woran ich denken würde, und ich sagte »an nichts«, dann sagte er, an nichts könne man nicht denken. Dann sagte ich, doch, ich könnte das und schaute ein paar Sekunden in weite Fernen und sagte dann »jepp«. »An was hast du gedacht?«, fragte er. »Mein Kopf war blank.« »Ein blanker Kopf heißt ja nicht, dass du *nichts* denkst«, sagte er.

An dem Punkt regte ich mich immer ein bisschen auf und tat was anderes, gestand damit meine Niederlage ein und dass es das Nichts nicht gab, aber ich ließ trotzdem nicht locker: Jedes Mal, wenn mein Vater mich fragte, woran ich denken würde, und ich ihm antwortete, an nichts, schaute ich ein paar Sekunden in weite Ferne und sagte dann »jepp«, und er fragte mich, woran ich gedacht hätte, und ich sagte, mein Kopf sei blank gewesen, als hoffte ich darauf, dass er mir irgendwann recht geben und nicht sagen würde, ein blanker Kopf sei ein blanker Kopf und nicht das Nichts.

Wenn Nichts nicht denkbar war, dann doch weil es das Nichts nicht gab, und wenn es das Nichts nicht gab, wie konnten die Kinder dann Nichts sein, bevor sie geboren wurden? Wie konnte es sie nicht geben, konnten sie nicht wenigstens so etwas wie blank sein? An diesem 13. Juli 1997, als ich im Haus meiner Großeltern badete, um dann auf Rebecas Hochzeit zu gehen, dachte ich gerade über all das nach und war wütend auf die Coraima, weil sie auf die Hochzeit ihrer Eltern gehen konnte, da hörte ich, wie meine Großmutter María Solo – sie hieß María, aber weil meine andere Großmutter Mari Cruz hieß, nannte ich sie María Solo: Bloß María –, wie María Solo also im Esszimmer schrie: »Elende Schweinehunde.« Sie hatten Miguel Ángel Blanco umgebracht.

Dann liefen meine Großeltern, meine Eltern und meine Tanten ständig hin und her, rein ins Bad und wieder hinaus, ohne die Tür zu schließen, während ich ihnen nachrief, sie sollten zumachen, sie ansah und meine schrumpeligen Finger ansah und mich fragte, wieso meine Großmutter irgendwen so genannt hatte, wieso sie ihre Zunge nicht »hütete«, was sie von mir immer verlangte, wenn ich in der Öffentlichkeit »Der Sommer ist da, die Früchte sind rund, und wer sich nicht bückt, ist ein Schweinehund« sang, was im Übrigen sie mir beigebracht hatte, als ich gerade erst sprechen lernte. Als die Ana Mari hereinkam, um mir die Haare auszuspülen, fragte ich sie, warum die Großmama das gesagt hatte, und sie erzählte mir sehr hektisch von der ETA, ob hektisch wegen der ETA oder weil wir zu spät zur Kirche kamen, weiß ich nicht, aber danach waren meine Fragen nicht beantwortet, sondern mehr geworden.

Ich hatte schon von der ETA gehört, und mir war auch schon aufgefallen, dass ihr Logo, wenn ihre Mitglieder mit den Sturmhauben im Fernsehen redeten, so ähnlich aussah wie das von den Apotheken, aber bis zu dem Tag, an dem die Rebeca heiratete, hatte ich mich nie gefragt, warum sie mordeten oder wie viele sie waren. Ich wusste bloß, wir sollten Angst vor ihnen haben, vor allem aber Wut auf sie.

Die Ana Mari erzählte mir auch irgendwas über weiße Hände, dass Miguel Ángel Blanco entführt worden war und dass er Gemeinderat war. Das mit dem Gemeinderat musste ich nicht nachfragen, ich wusste schon, was das war. Die Ana Mari war mit den Sekretärinnen im Rathaus von Ontígola befreundet, und wenn wir die Einschreiben aufs Amt brachten, was ein anderer Name war für das Rathaus, dann kamen manchmal Gemeinderäte dazu, und dann wurde mir gesagt: »Ana Iris, das ist der Gemeinderat für die Feste« oder »Ana Iris, das ist der Gemeinderat für die Umwelt«, und ich nickte und lächelte sie an, wie man wichtige Leute anlächelt.

Aber mehr als die ETA und die Frage, wer dieser Miguel Ángel war, beunruhigte es mich, dass Rebecas Hochzeit vielleicht nicht so lustig werden würde wie die meiner Eltern oder ihr Video wegen jemand, den ich nicht kannte, keine Kaleidoskopeffekte haben würde. Ich brauchte Jahre, bis ich verstand, warum meine Familie so traurig war über den Tod eines Gemeinderats von irgendwoher, der nicht mal zu denen gehörte, denen die Ana Mari und ich manchmal begegneten, wenn wir mit Coral und Carmen, den Sekretärinnen aus dem Rathaus von Ontígola, im Las Cuevas einen Kaffee tranken. Ich brauchte Jahre, bis ich begriff, dass die Toten der anderen manchmal auch die eigenen sind, was eine Tragödie ist, was ein Schuft und was ein Volk.

In dieser Badewanne lernte ich mehr schlecht als recht, was die ETA war, und als mein Cousin Pedro, der kleiner war als ich, nach einem Essen bei meinen anderen Großeltern – bei Mari Cruz und Vicente, denn Pedro gehört zu den Simóns, meiner Familie väterlicherseits, nicht zu den Bisuteros –, als Pedro sagte, die ETA würde nicht mehr morden, dafür sei sie zu alt, jetzt würde Pinochet morden, lachte ich und erklärte ihm, dass die ETA nicht eine Person war, sondern viele. Obwohl ich mir da gar nicht so sicher war.

Jahre später erzählten sie mir, sie seien an diesem Morgen ständig hin- und hergelaufen, rein ins Bad und wieder hinaus, ohne die Tür zu schließen, weil sie nach einem schwarzen Band gesucht hätten. Mein Großvater Gregorio sollte die Braut zum Altar führen und wollte sich eine Schleife ans Revers heften. Am Ende mussten sie eine Ursula-Puppe, die Seehexe aus *Die kleine Meerjungfrau*, aus dem Lieferwagen holen, öffneten das Paket, zerschnitten das Kleid, sengten die Ränder leicht an, damit sie nicht ausfransten, und mein Großvater benutzte das als Trauerflor. Mein

Großvater Gregorio und meine Großmutter María Solo besaßen eine Ursula-Puppe und einen Lieferwagen, weil sie auf Jahrmärkte fuhren, sie hatten einen Spielzeugstand.

Eine Jahrmarktgeschichte, die mit der ETA zu tun hatte, erzählte mir meine Großmutter María Solo immer wieder. Nämlich wie sie sich im Jahr achtundsiebzig während der Sanfermines in Pamplona einen ganzen Abend lang in ihrem Stand verschanzen mussten, in einer Bude aus Holz und Metallstangen von zwei auf zehn Metern, aus der heraus sie die Familien bedienten. Schuld daran waren die Verfechter von etwas, das sich »Generalamnestie« nannte, die offenbar inmitten der Stände und Fahrgeschäfte demonstrierten und sich eine Schlacht mit der Polizei lieferten.

Was mir an der Geschichte vor allem bedeutsam vorkam, bedeutsamer als die Gründe, aus denen diese Leute den Jahrmarkt kaputt machten, war, dass mein Onkel José Mari, damals noch ein Kind, den ganzen darauffolgenden Sommer ständig mit »Bullen, Mörder« lautstark den Schlachtruf der Demonstranten wiederholt hatte. Meine Großmama María Solo erzählte, sie habe heftig mit ihm geschimpft, ihn angeschrien, sowas würde man nicht sagen, wegen ihm würden sie noch alle ins Gefängnis kommen, und ich dachte, ein Glück, dass keiner von der Guardia gehört hatte, wie der kleine José Mari das rief. Was die Generalamnestie war und weshalb diese Leute, die sie wollten, sich mit der Polizei prügelten, kümmerte mich weniger.

Ich schlaf unten, Spanien, hoch!

Als wir am Auto sind, sieht Sergio mich von unten heraus an, ich sage *Schöneaugen* zu ihm, was ich wegen seiner sehr großen, sehr dunkelgrünen Augen immer so in einem Wort zu ihm sage, wenn er mich von unten heraus ansieht, und er antwortet, dass seine Mutter Vox wählt. Er sagt das ernst und mit der rauen Stimme, die er bekommt, wenn er etwas sagt, das entweder wichtig ist oder gelogen. Seine Mutter gibt ihm einen Klaps und befiehlt ihm, auf der Seite mit der Sitzerhöhung einzusteigen, während Diego lacht und meinen Koffer einlädt. Ich lache auch. »Es stimmt aber, sie wählt Vox«, beharrt Sergiete, wie wir ihn manchmal nennen, und schnallt sich an. »Das macht er schon die ganze Woche, wer weiß, wo er das überall rumerzählt«, erklärt mir seine Mutter, meine Tante, und schnallt sich ebenfalls an. Ich werde ein paar Tage im Dorf sein, und sie haben mich in Alcázar am Bahnhof abgeholt, der gleich neben dem von Criptana ist, wo aber viel mehr Züge halten.

Als sie losfährt und wir die Windmühlen von Alcázar

passieren, denke ich wieder wie immer, wenn ich hier vorbeikomme, was wir alle aus Criptana denken, wenn wir hier vorbeikommen, was das für popelige Windmühlen sind, während Diego mir von seinem letzten Judowettkampf berichtet. Dann erreichen wir das Dorf, fahren am Kreisel mit Don Quijote und Sancho vorbei, den es an jedem Ortseingang der Gegend geben könnte und vermutlich auch gibt, und Sergio zeigt auf die spanische Fahne und sagt: »Ana Iris, weißt du was? Ich hab ein Stockbett. Ich schlaf unten, Spanien, hoch!« Und er lacht, und seine Mutter und sein Bruder und ich lachen ebenfalls, und ich überlege, wie dieses Meme zu einem siebenjährigen Jungen gelangt sein kann. Denn er weiß es zu deuten als das, was es ist, als Meme, das ist mir klar, aber laut sage ich, er soll bloß nicht auf die Idee kommen, das vor dem Großvater zu sagen. Als wir dort eintreffen, was bis vor kurzem das Haus meiner Großeltern war und jetzt nur noch das meines Großvaters ist, fragt er mich wieder: »Ana Iris, weißt du was?« Ich sehe ihn verschwörerisch an, und er lacht wieder, und ich stelle fest, dass ihm, seit wir uns das letzte Mal gesehen haben, ein weiterer Zahn ausgefallen ist.

Sergio und Diego und meine Tante, ihre Mutter, fahren zum Essen heim, und ich bleibe beim Großvater, der mir Gachas gemacht hat. Ein Pfännchen nur für mich, weil er nicht darf, sich sein Diabetes schlecht mit dem Erbsenmehl verträgt, und er hatte sie auch schon Montag, was sein Gachas-Tag ist. Er wiederholt das ständig: »Ein Pfännchen nur für dich, weil ich nicht darf«, als müsste er sich selbst davon überzeugen, aber als ich ihn dränge, dass er sich ein bisschen Brot hineinbrockt, sich eine »Provinzielle« draus macht, wie er das nennt, nimmt er sein Vollkornbrot und tut es. Mit glänzenden Augen zwinkert er mir zu und sagt: »Hau rein.«

Sergio und Diego kommen nach dem Essen, der Großvater ist im Esszimmer auf einem Stuhl eingeschlafen, den Ellbogen auf den Radiator, den Kopf auf die zur Faust geballte Hand gestützt. Er wird wach, als er sie hört, und sagt, er habe »den Faden verloren«, wie er das nennt, wenn er vor dem Fernseher bei voller Lautstärke einnickt.

Wir haben ausgemacht, dass wir uns das Silo anschauen gehen, einen Kornspeicher aus dem Bürgerkrieg, den Ricardo Cavolo gerade im Auftrag des Provinzrats von Ciudad Real bemalt hat. Wir warten noch auf Carolina, die fünf ist und mit der wir ebenfalls verabredet sind, da kommt meine Tante Ana Rosa herunter und erzählt mir, das Dorf sei wegen der Bemalung des Silos in Aufruhr. Die älteren Frauen hätten den ganzen Tag ihr »Hat man sowas schon gesehen« auf den Lippen, die Leute würden das Bild nicht verstehen, weil es keine Perspektive hat und flach ist und weil Cavolo obendrein sagt, es stehe für die Geisteskrankheit. Es klingelt an der Tür, und die Ana Rosa, die es sich seit dem Tod der Großmutter zur Aufgabe gemacht hat, bis hin zu den Augenringen das zu ersetzen, was die Großmutter vor ihrem Fortgang war, öffnet und sagt: »Wen haben wir denn da?« Und ich sehe es zwar nicht, stelle mir aber vor, wie Carolina in ihre Arme fliegt. Das nächste, was ich höre, ist eine Salve von Küssen, weil die Ana Rosa nicht nur einen Kuss geben kann: Sie gibt viele, alle rasch hintereinander, alle geräuschvoll.

Das hatte Carolina wissen wollen an dem Tag, als sie erfuhr, dass die Großmutter, eigentlich ihre Urgroßmutter, gestorben war. Wer sie denn jetzt fragen würde »Wen haben wir denn da?«, wenn sie zu den Großeltern ginge, und die Ana Rosa fragt sie das wohl deshalb jetzt. Sie hat seit ihrer Hochzeit mit meinem Onkel Pablo immer im Obergeschoss des Hauses meiner Großeltern gelebt, mit ihrem Mann und ihren beiden Kindern, meinem Cousin Pablo und meiner Cousine María.

Die Großmutter, um die es hier geht, ist Mari Cruz, nicht María Solo, denn Sergio und Diego und Carolina und die Ana Rosa sind keine Marktleute: Sie sind Simóns. Aus diesem Grund weiß Sergio mit seinen sieben Jahren, dass es, wenn er behauptet, seine Mutter wähle Vox, oder wenn er Spanien hochleben lässt, genauso unanständig ist, als würde er über Kacka oder Pupsen sprechen, was Kinder in seinem Alter vermutlich tun, wenn sie in die Phase des Fäkalhumors kommen.

»Pack dich gut ein, es ist kalt«, sagt die Ana Rosa zu Carolina, bevor wir gehen, und Carolina gehorcht, steckt ihr T-Shirt in die Hose und zieht ihre Jacke zu. Ich sage, was für eine mordshübsche Steppweste, und sie antwortet, die ist aus dem Carrefour, wo auch ihre Mutter arbeitet, meine Cousine. Wir verabschieden uns vom Großvater und von der Ana Rosa und machen uns zu viert die Calle el Cristo hinunter auf den Weg zum Silo.

Carolina und Sergio gehen voraus, und ich gehe mit Diego dahinter, der zieht einen Böller aus der Hosentasche und fragt nach meinem Feuerzeug. Ich sage, ein andermal, wenn die Kleinen nicht dabei sind, und er erzählt mir, dass er sich die Haare unten auf Stufe eins und oben auf Stufe drei abrasiert hat, weil er an Karneval als Tommy Shelby aus *Peaky Blinders* gehen will, und als ich bemerke, dass es noch lang hin ist bis Karneval, sagt er nichts dazu und schaut hoch, als wollte er mir zu verstehen geben, dass das keine Rolle spielt. Ich frage ihn, wie ein elfjähriger Junge auf *Peaky Blinders* kommt, und er sagt, dass sein Vater ihm die Serie anmacht, und ich weiß wieder, warum sein Vater, der jüngste Bruder von meinem, mein Lieblingsonkel ist.

Als ich so alt war wie Diego, wohnte sein Vater, der ebenfalls Diego heißt, noch bei meinen Großeltern im Haus, und wenn wir zusammen in die Weinlese gingen, wollte ich auf dem Rückweg aus dem Weinberg immer in seinem Renault Super 5 GTX mitfahren. Manchmal fuhr er den richtig aus und sagte dann zu uns – mein zwei Jahre jüngerer Cousin Pablo wollte auch immer bei ihm mitfahren –, wir säßen in einem Raumschiff. Wenn Diego am Sonntagvormittag einen trinken ging, kriegte er daheim immer das rote Tuch zu sehen, so nennt das mein Großvater, der seine eigenen Ausdrücke hat, wenn jemand nichts zu essen bekommt, denn in seinem Haus wird pünktlich um zwei zu Mittag gegessen, und wer um diese Zeit nicht am Tisch sitzt, kriegt das rote Tuch zu sehen. Seit die Großmutter nicht mehr da ist, scheint er mir allerdings die Uhrzeit jeden Tag ein paar Minuten vorzuverlegen. Die Gachas hatten wir heute um kurz nach eins, und wenn er mit dem Fernseher redet, sagt jetzt niemand mehr, er soll still sein, ob er nicht mitbekommen würde, dass die ihn nicht hören, und dabei hat er heute viel mit dem Fernseher geredet, weil wir die Debatte zur Amtseinführung von Pedro Sánchez verfolgt haben.

Als er dann hinterher die Krümel vom Tisch wischte, schnaubte er »diese Saubeutel« und »wenn die geredet haben, waren wir still, aber die haben ja vor niemand Respekt«. Die, die vor niemand Respekt haben, sitzen in den Bankreihen der Rechten. Er sortiert sich bei denen ein, die Respekt haben, als würde er selbst im Halbrund des Parlaments sitzen, denn auch wenn er dieses Jahr harte Schläge erlitten hat, ihm seine María gestorben ist und sein ältester Sohn, war für meinen Großvater Vicente auch etwas Gutes dabei. »Dass ich das noch erleben darf, Kommunisten als Minister, noch mal Kommunisten als Minister«, sagt er, als er die Krümel in den Mülleimer wirft, und ich bin drauf und dran einzuwenden, dass der Kommunismus nicht mehr ist, was er mal war, verkneife mir das aber, weil er das eigentlich nicht zu mir sagt. Er sagt es zu sich selbst.

Die Ana Rosa hatte recht, es ist wirklich kalt. Es ist windig und neblig und das Licht endzeitlich wie immer, wenn es in der Mancha wolkenverhangen ist, denn wenn etwas die Mancha ist, wenn sie für etwas gut ist, dann für ihren Himmel, vor allem wenn er wolkenlos ist. Die Kinder der Mancha malen Wolken, wenn sie Wolken malen, so, wie sie die Wolken sehen, weiß und wattig und dazu einladend, dass man darin einen Karren erkennt oder einen Dinosaurier oder ein Bidet. Das sagte Carolina mal zu mir über eine Wolke, sie sei ein Bidet, und das stimmte. Die anderen Kinder, die nicht aus der Mancha sind, plappern nur nach, was sie gehört haben, was eine Wolke angeblich ist: etwas Weißes und Wattiges, das einen dazu einlädt, einen Karren oder einen Dinosaurier oder ein Bidet darin zu erkennen.

Als wir beim Silo sind, mache ich ein Foto von den Dreien vor den Wandbildern von Cavolo und schicke es an die WhatsApp-Gruppe »Die Simóns«, die dreiunddreißig Mitglieder hat, weil wir Simóns viele sind. Carolina ist fünf und die dritte von fünf Urenkeln. Sergio ist sieben, er ist mein jüngster Cousin und der achtzehnte in der Reihe. Auf dem Rückweg fällt ihm offenbar wieder ein, dass ich sehr gelacht habe, als er Spanien veräppelt hat, und er variiert den Witz mit dem Stockbett: »Ana Iris, weißt du was? Ich bau eine Burg. Und obendrauf kommt Spanien, Spanien über alles«, sagt er, und Carolina sieht ihn abschätzig an, was sie macht, wenn sie etwas nicht versteht, aber so tun will, als ob.

Die beiden gehen wieder voraus, und hinter ihnen höre ich, dass sie ein Spiel erfunden haben. Daran, wie viel Staub auf den Fenstergittern liegt, wie abgeblättert der Kalkputz ist und wie ausgebleicht das Königsblau am Sockel, versuchen sie zu erraten, ob ein Haus bewohnt ist oder nicht. »Verlassen«, sagt Sergio. »Nein, da wohnt jemand, die Rollos sind hoch«, sagt Carolina. Und ich stelle sie mir in einer Kamerafahrt vor, vom Silo bis zum Haus meines Großvaters, unter diesem schweren Himmel, der fast aussieht, als wollte er runterfallen, und er fällt ja auch runter, denn man sieht kaum etwas vor Nebel, wie sie »Das leere Spanien« spielen, das Spanien, von dem Sergio sagt, es schlafe mit ihm in einem Stockbett.

Drinnen: der Tod

Ein Fötus im Glas

Drei Monate vor der Hochzeit von Rebeca und dem Mord der ETA an Miguel Ángel Blanco malte ich mich ständig mit einem Baby an meiner Seite. Das war keine Puppe. Ich hatte nie eine Nenuco-Puppe oder eine von Baby Born und auch keinen Kinderwagen, um sie spazieren zu fahren, oder rosa Babyfläschchen, um sie zu füttern. Ich spielte nie Vater-Mutter-Kind, und bis ich schätzungsweise sechzehn war, stellte ich mir auch nicht vor, je selbst ein Kind zu haben.

Das Kind, das ich im Februar 1997 immer wieder mit mir zusammen malte, war mein Bruder. Meine Mutter war im dritten Monat schwanger, und ich sah voraus, ja, ich war mir sicher, dass es ein Junge sein würde. Ein Kind zum Verkleiden, aus dem ich einen kleinen Mann machen, mit dem ich vor der Tür Ball spielen könnte, wenn meine Eltern Siesta hielten, und mit dem ich mich verbünden würde, um der Ana Mari die Augen zu öffnen, wenn sie schlief. Ich konnte nicht anders, ich musste der Ana Mari immer, wenn ich sie schlafen sah, die Augen öffnen, als müsste ich mich vergewissern, dass ihre Pupille und die Iris noch da waren. Sie schimpfte nie und fragte mich auch nie, wieso ich das tat, denn sie wusste vermutlich, dass ich mich vergewissern musste, dass ihre Pupille und die Iris noch da waren, wenn sie Siesta hielt.

Eines Nachmittags, als ich auf dem Gipskartonregal im Esszimmer herumkletterte und aufpasste, dass die Ana Mari es nicht mitbekam, weil sie, wenn sie mich dabei erwischte oder zarte Spuren an den Kanten fand, sehr wohl mit mir schimpfte, ich würde alles schmutzig machen, rief mein Vater mich in die Küche und sagte beim Reinkommen nicht »dass das bloß deine Mutter nicht sieht«, obwohl ich auf dem Regal herumkletterte. In der Küche stand sie an die Arbeitsplatte gelehnt und trug einen sehr weichen grünen Wollpulli, den sie von meiner Großmutter María Solo geerbt hatte und der aus Angora war, was sie immer sagte, »der Pulli ist aus Angora«, »dieser Pulli ist aus Angora«, und ich wusste erst nicht, was Angora war, dachte aber, wenn sie das immer sagte, musste es wichtig sein, und als ich später einmal aufschnappte, dass das eine Katzenrasse war, schwante mir, dass der Pulli aus den Haaren von Kätzchen gemacht war, ich traute mich aber nicht nachzufragen und fasste meine Mutter auch nicht mehr an, wenn sie ihn trug.

Sie hatte außerdem einen Rock an, der übers Knie reichte, und eine dunkle Strumpfhose, und als sie in die Hocke ging, um mit mir auf einer Höhe zu sein, und mein Vater das ebenfalls tat, dachte ich, dass die Ana Mari nie eine Strumpfhose anhaben sollte, weil sie die schönsten Beine der Welt besaß. Wenn Sommer war und wir im Lada nach Criptana fuhren oder sie mich auf den Jahrmarkt von Quintanar oder den von Santa Cruz brachten, um mich bei meinen Großeltern abzugeben, betrachtete ich sie immer von der Rückbank aus und dachte eben das: Dass sie die schönsten Beine der Welt besaß und dass sie meine Mutter war, auch wenn ich sie nicht so nannte bis zur ersten Klasse Grundschule, in der mir auffiel, dass alle eine Mutter hatten, ich aber eine Ana Mari. Das sagte ich ihr ebenfalls nie, weder das mit den Beinen noch, dass mir in der ersten Klasse Grundschule aufgefallen war, dass ich sechs Jahre ohne eine Mutter verbracht hatte, so wenig wie ich das von dem Angorapulli sagte, weil Kindsein bedeutet, Geheimnisse zu bewahren. Wir fangen an, erwachsen zu sein, wenn wir glauben, alles müsste ausgesprochen werden, und alles wäre es wert, ausgesprochen zu werden.

Nachdem sie in die Hocke gegangen war, nahm die Ana Mari mich an den Händen, und mir fiel auf, dass ihre Strumpfhose hinterm Knie Falten schlug und dass ihr die Schuhe ein Stückchen von den Fersen gerutscht waren. Mein Vater fasste sie bei den Schultern und sagte zu mir, dass der kleine Bruder nicht kommen würde. Dass er gestorben war. Diesen Nachmittag, als sie mir mitteilten, dass es den kleinen Bruder ausschließlich auf meinen Kinderbildern geben würde, verbrachte ich vollständig damit, meinen Vater nach dem Warum zu fragen. Ich wusste, die Ana Mari konnte und sollte ich nicht fragen, denn auch das bedeutet Kindsein: zu spüren, wenn etwas Schlimmes passiert ist, dass etwas Schlimmes passiert ist. Und zu wissen, dass man damit in einen Ausnahmezustand gerät, in dem man bei allem Nichtverstehen nicht das Recht hat, so zu tun, als wäre alles wie immer. Man also für eine Weile nicht das Recht hat, weiterhin Kind zu sein.

Ich fragte meinen Vater, denn ich verstand zwar, dass die Alten sterben können, und ich verstand sogar, dass Kinder sterben können. Sarita, die mit mir in den Kindergarten gegangen war, war im Jahr zuvor an Leukämie gestorben, da waren wir beide vier. Aber wie konnte jemand sterben, der noch gar nicht geboren war? Wie konnte das Nichts, von dem mein Vater behauptete, dass die Kinder es vor der Geburt waren, aufhören zu sein? Ich verstand in diesen Tagen nur, dass ich mich um die Ana Mari kümmern musste, weil wir außerdem bald umziehen würden, um mehr Platz zu haben, wenn das Baby käme, was jetzt nicht kommen würde, und ich verbrachte die Nachmittage nach seinem Tod bei ihr, während mein Vater Kisten und Verpacktes schleppte, und ich kletterte nicht auf das Gipskartonregal, sondern auf die Regalbretter in der Küche, um einen Saft zu holen und ihn ihr anzubieten, oder ließ zu, dass sie mich kämmte, obwohl mich bis dahin nur zwei Personen hatten kämmen dürfen, ohne dass ich quengelte: meine Großmutter María Solo, bei der es nicht ziepte, und ich selbst.

Aber vor diesen Tagen, an denen meine Mutter viel Zeit schweigend verbrachte und ich meinem Vater dabei half, meine Spielsachen in die entsprechenden Kisten zu packen, an dem Tag nämlich, als das Baby starb, fühlte mein Vater sich offenbar wie schon manchmal zuvor und sehr oft danach durch die vielen Fragen dazu verpflichtet, mir die Wahrheit zu sagen. Damit ich lernte und verstand. Ich nehme an, er wusste, dass ich das, obwohl oder eben weil ich ein Kind war, verstehen konnte. Also nahm er mich an der Hand und führte mich in sein Zimmer.

Das war ein sehr großer Raum mit zwei Panoramafenstern, die auf einen langen Balkon hinausgingen, wo ich kurz darauf Rollschuh fahren lernte mit meinen Fisher-Price-Schuhen, die man auf zwei Positionen einstellen konnte: vierrädrig oder als Inliner. Die Vorhänge waren aus Sackleinen in satten Farben und unten mit Blumen bestickt, und dazwischen sah man, wenn sie aufgezogen waren, auf den Kirchturm von Ontígola, der immer zur Siestazeit zu läuten begann, meinen Vater aus dem Schlaf riss und dafür sorgte, dass sein monotheistischer Atheismus mit jedem Sonntag inbrünstiger wurde.

Dort öffnete er die Tür seines Schranks, eines Einbauschranks aus dunklem Holz, der ebenfalls sehr groß war oder mir mit meinen fünf Jahren jedenfalls so vorkam. Genau wie die Ana Mari eben in der Küche ging er jetzt in die Hocke, um auf meiner Höhe zu sein, und holte aus einer Schublade, in der sie Bettlaken und Unterwäsche aufbewahrten, ein Glas, wie mein Großvater Vicente sie benutzte, um Mischgemüse oder Tomaten einzukochen, nur war in dem hier ein Fötus. Er schwamm in einer Flüssigkeit, die ich grünlich in Erinnerung habe, was sie aber vielleicht nicht war. Man ahnte die angewinkelten Ärmchen, die Händchen, so klein. Seine Augen sahen aus wie die eines winzigen

Außerirdischen, und mir ist, als hätte ich ihn stundenlang betrachtet, dabei waren es sicher nur ein paar Sekunden.

Mein Vater stellte das Glas zurück zwischen das Bettzeug in der Schublade und erklärte mir dann, dass das ein Fötus war und dass man das, was geschehen war, eine Fehlgeburt nannte. Dass meine Mutter, ehe ich zur Welt gekommen war, schon einmal eine gehabt hatte, schon einmal ein Geschwisterchen nicht geboren worden war. Da sie nicht gewusst hätten, warum das passiert war, hätten sie den Fötus aus dem Klo geholt, wo ihnen sein vorzeitiger Tod klargeworden war, und ihn in diesem Glas zum Arzt gebracht in der Hoffnung, dadurch etwas über die Gründe zu erfahren, warum sein kleines Herz stehengeblieben und er so lange vor der Zeit aus dem Bauch der Ana Mari vertrieben worden war. Er sagte zu mir, so sei das Leben, das gehöre dazu. Dass wir geboren würden, um zu sterben, und dass es das Leben nur geben würde, weil es den Tod gab. Ich weinte nicht und erschrak auch nicht. Ich glaube, ich war noch nicht einmal traurig, oder jedenfalls nicht trauriger als zuvor.

Dass ich das mit dem Fötus im Glas wusste, erfuhr die Ana Mari erst, als ich es ihr Tage später erzählte. Sie hatte sich mit mir hingesetzt, um zu reden, weil ich weder weinte noch viel sprach und vor allem Letzteres sonderbar für mich war, und ich sagte zu ihr, dass ich das mit dem kleinen Bruder schade fände, weil ich jetzt nie wissen würde, wie er ausgesehen hätte, und er nicht bei mir im Bett schlafen konnte, aber dass es Leben nur geben würde, weil es den Tod gab, dass das zum Leben dazugehörte. Papa hätte mir das erklärt, als er mir das Glas zeigte.

Meine Eltern stritten sich heftig an dem Tag, aber das erfuhr ich erst Jahre später, wie ich ebenfalls Jahre später erst erfuhr, dass sie stritten, als Sarita, meine Kindergartenfreundin, mit vier Jahren starb und meine Großmutter María Solo zu mir sagte, ich solle mir keine Sorgen machen, sie sei jetzt bei Jesus im Himmel, und mir beibrachte »Vier Ecken hat mein Bettchen« zu beten, mein Vater aber dann, als wir allein im Lada saßen, zu mir sagte, ich solle mir nichts vormachen lassen. Die Menschen kämen nach dem Tod nicht zu den Engeln in den Himmel, man würde sie begraben und dann würden die Würmer sie fressen, die danach von den Vögeln gefressen würden und die wiederum von größeren Vögeln, etwa von Geiern. Und da sei nichts dabei, damit es Vögel geben könne und Blumen, müsse es irgendwie auch Saritas geben. Den Tod gebe es nur, weil es zuvor das Leben gegeben habe, wie kurz auch immer. Und Geschwister, die nicht einmal geboren wurden.

Nichts hier benutzen. Verstopfung

Beim Aufräumen meines Fotospeichers im Handy fand ich ein Foto vom Familienessen im Juli, darauf eine Ecke vom Hof meiner Großeltern. Es ist die mit dem Fenster zur Arbeitsküche, einem Raum, in dem es nur einen offenen Kamin und eine Waschmaschine gibt. Drei oder vier Kessel hängen neben einer Girlande aus zum Trocknen aufgefädelten Chilis, und zwei Regale sind angefüllt mit eingekochten Tomaten und Mischgemüse und manchmal mit Rebholz, um Feuer zu machen. Sollte ich je gefragt werden, wonach Spanien riecht, dann werde ich sagen, nach diesem Raum, nach der Arbeitsküche, in der es, als meine Großmutter noch lebte, zuweilen auch nach der Seife roch, die sie selbst herstellte.

Unter dem Fenster jede Menge Blumentöpfe. Geranien, eine Efeutute, ein Rosenbusch, ein kleiner Baum. Davor und gespiegelt in der Scheibe ein Stück Wäscheleine mit vier oder fünf kleinen T-Shirts und vier oder fünf kleinen Hosen. Sie gehören meinen Cousinen und Cousins und hängen dort bestimmt, weil mein Onkel

Pepe sie mit einem Schwall Wasser aus dem Schlauch oder dem Eimer durchnässt hat, was mein Onkel Pepe bei jedem Familienessen tut.

Ich betrachtete das Bild eine Weile im Versuch herauszufinden, wann genau ich es aufgenommen hatte, und dachte, das ist das Leben und sonst fast nichts. Ein paar Kinder-T-Shirts, die in der Sonne trocknen, und ein paar geleerte Eimer Binderfarbe, jetzt gefüllt mit Erde und Geranien.

Einmal sagte mein Großvater zu mir, die Blumen seien was für meine Großmutter, er würde nur »Nützliches« pflanzen, und mit Nützlichem meinte er alles, was essbar ist, seien es Tomaten, Kürbisse oder Oliven. In einem Jahr schenkten wir ihm einen Bonsai, aber ihm blieb die Idee dahinter schleierhaft. Es muss ihm vorgekommen sein, als wäre da etwas schiefgelaufen, jedenfalls topfte er ihn um, und inzwischen ragt dieser Baum über mich hinaus, trägt ansehnlich große Oliven, und meine Großmutter hat sie immer eingelegt und uns dann Gläser davon mitgegeben.

Ich dachte außerdem, dass dieses Essen das letzte war, an dem wir alle teilgenommen hatten, auch mein Onkel Hilario und meine Großmutter Mari Cruz, und dass ich deshalb denke, das ist das Leben und sonst fast nichts. Weil die beiden nicht mehr da sind, die Eigentümer dieser kleinen T-Shirts und Hosen aber schon. Weil die Geranien und die Erde und die Blumentöpfe noch da sind.

Zweimal im Jahr kommen wir Simóns zusammen: An dem Samstag, der dem 13. Juli, dem Geburtstag von Großvater Vicente, am nächsten ist, und an Heiligabend. Als wir noch klein waren, wurden das Esszimmer und die Küche benutzt. Meine Onkel hängten die Türen aus, damit wir sie nicht ständig zuschlugen, und mein Großvater zog die Verlängerung am Esszimmertisch aus. Weil das Bein dafür kaputt war, stützte er sie mit einem Stock vom Mandelbaum ab, den er »die Automatik« nannte, und wer auch immer von den Cousins und Cousinen gegen die Automatik trat und alles zum Einsturz brachte – und es gab immer jemand unter den Cousins und Cousinen, der gegen die Automatik trat und alles zum Einsturz brachte –, der lief bekanntermaßen Gefahr, an den Tisch der Hosenscheißer verbannt zu werden, also zu denen unter elf Jahren, weshalb wir uns das ganze Abendessen hindurch gegenseitig beäugten, unser Glück herausforderten und darum wetteiferten, wer seinen Fuß möglichst nah an der Automatik vorbeischieben konnte, ohne sie zu streifen.

Als meine älteren Cousinen und Cousins ihre ersten Kinder bekamen und alles aus dem Ruder zu laufen begann, weil wir nicht mehr dort hineinpassten, rief mein Großvater den Sohn von Santiaguete, einen der führenden Maurermeister aus dem Ort und der bevorzugte für die Bauarbeiten am Haus meiner Großeltern, damit er im Hof einen Saal baute, der einzig für die Familientreffen gedacht war. Das war 2007, und während der Bauarbeiten ging ein Hagel nieder und überschwemmte alles. Außerdem spielten wir während der Bauarbeiten einmal Verstecken, und meine Cousine Clarita, die etwa vier gewesen sein muss, versteckte sich im Betonmischer, die Standpauke bekamen aber wir anderen, weil wir zugelassen hatten, dass Clarita sich im Betonmischer versteckte. Mein Onkel Pablo, der Möbelschreiner ist und der einzige Mensch auf der Welt, der seinen Beruf liebt, ihn wirklich liebt – jedenfalls von allen, die ich kenne –, schreinerte zwei sehr lange Tische und unzählige Stühle und Bänke, und nach und nach wurde aus dem Ganzen »die Zentrale«.

Ich weiß nicht, wer den Raum als Erstes so nannte, aber wer ihn besucht, versteht es sofort. Die Familienfotos (eins davon eine Fotomontage, die mein Großvater in Auftrag gegeben hat, weil er kein Foto besaß, auf dem seine acht Kinder gemeinsam zu sehen waren, weshalb er Diego, den Jüngsten, mit Photoshop einfügen ließ, nur dass er dafür ein Foto auswählte, auf dem Diego älter ist als die Ana Rosa, die älter ist als er, und mein Großvater versteht bis heute nicht, warum wir immer lachen, wenn wir das sehen), diese Familienfotos wechseln sich ab mit Fahnen der kubanischen Revolution, der chinesischen, der vietnamesischen. Die Fahne mit Hammer und Sichel hängt nicht mehr dort, weil Hilario sie im Juli mitgenommen hat. Man hatte sie schon in der Leichenhalle über ihn gelegt, und er wurde mit ihr begraben, und ich fragte nicht nach, wer sie in der Zentrale abgenommen, sie zusammengelegt und eingesteckt hatte, um sie in die Leichenhalle zu bringen und sie ihm überzuwerfen, aber es war das Erste, was mir durch den Kopf ging, als ich die Vorhänge aufzog, sah, dass ein roter Stoff seinen Leichnam bedeckte, und begriff, dass es eben dieser rote Stoff war. Außerdem dachte ich, wenn ihm jemand erzählt hätte, wie er sterben würde, dann hätte er gesagt »wie hirnverbrannt« und hätte den Herrgott verflucht. »Aber Herrgott verflucht, wie hirnverbrannt«, das hätte er gesagt.

Hilario war bis vor wenigen Monaten der ältere Bruder meines Vaters, der Älteste von sieben Geschwistern. Jetzt ist die Mari die Älteste, weil er starb, als er die Verstopfung im Außenklo seines Hauses beheben wollte, dafür Chlorreiniger mit Salzsäure mischte und sich vergiftete. Das Außenklo ist die Toilette in seinem Hof, der gekalkte Wände hat, einen königsblauen Sockel und den Schatten der am besten geschnittenen Rebe in meinem Dorf. Auf der Beerdigung trat mein Vater rasch näher, als der Sarg in die Grube versenkt wurde, und zog den Schlüssel aus dem darin eingelassenen Schloss ab.

Als wir uns danach alle auf den Weg zu Hilarios Hof machten, fasste ich meinen Vater von hinten und umarmte ihn und sagte, dass ich es gesehen hatte, und was er mit dem Schlüssel wollte. Er bekam feuchte Augen und antwortete nicht, aber als niemand hinsah, hängte er ihn an den Spanndraht der Rebe und sagte, jetzt müsste also er sie schneiden. Sorin, der Mann meiner Cousine Fina, der Tochter von Hilario, entgegnete in seinem rumänisch gefärbten La-Mancha-Spanisch, aber nie im Leben, darum werde er sich jetzt kümmern, und das war, glaube ich, das erste Mal in drei Tagen, dass wir lachten.

Als Carolina, Tochter von Fina und Sorin und Enkelin von Hilario, dazukam, hob mein Vater sie hoch und zeigte ihr den Schlüssel und sagte, immer wenn sie ihn sähe, sollte sie an ihren Großvater denken. Hinterher sagte sie dann zu ihrer Mutter, der Onkel Javi hätte ihr einen Blödsinn erzählt. Sie wäre doch gerade im Esszimmer gewesen, und als sie Hilarios Sandalen gesehen hätte, da hätte sie auch an ihn denken müssen, einen Schlüssel würde sie dafür doch nicht brauchen.

Zwischen Hilarios Einweisung ins Krankenhaus und der Ausstellung seines Totenscheins vergingen drei Tage, in denen wir mit einer Familie von Gitanos und meiner, die allein aus sieben Onkeln und Tanten besteht und ihren jeweiligen Frauen und Männern – aus sechs, ohne Hilario –, aus achtzehn Cousinen und Cousins und fünf Urenkelkindern, den dritten Stock des Krankenhauses La Mancha Centro in Alcázar de San Juan lahmlegten, was die für Criptana zuständige Klinik ist.

Ich war kaum dort. Ich verbrachte diese Tage fast vollständig im Halbdunkel des Esszimmers im Haus meiner Großeltern, zu der Zeit für uns noch das von beiden, und hielt die Hand meiner Großmutter, die nichts herausbrachte außer hin und wieder: »Wo es mit Seinem doch jetzt so gut war.«

»Seins« waren Atemwegsbeschwerden, wegen deren er schon vor Jahren im Krankenhaus gewesen war. Sie, bei der es mit Ihrem auch so gut gewesen war, bis ihr Sohn beschloss, die Verstopfung im Außenklo seines Hauses zu beheben, starb zwei Monate später. Und so wie ich mir ausmale, dass Hilario »wie hirnverbrannt« sagen würde, wenn er wüsste, wie er gestorben ist, male ich mir aus, wie dieses frühzeitige Wiedersehen zwischen Mutter und Sohn verlaufen sein könnte, sollte mein Vater sich irren und es einen Ort geben, wo wir hingehen nach dem Tod und der nicht erst Verwesung und dann Blumen heißt, Eingeweide von Würmern und hinterher Vögel wie die Geier. Bestimmt ist Hilario böse auf sie geworden und hat gesagt: »Aber, verdammt, Mari Cruz, was machst du denn schon hier?«

Bei den Essen in der Zentrale saß Hilario immer rechts von meiner Großmutter. Mein Großvater hatte am Tisch der Großen, der Tanten und Onkel, den Vorsitz inne. Nur ein paar meiner ältesten Cousinen und Cousins sind befugt, sich zur Großenrunde zu setzen. Das steht nirgends geschrieben, und wir wurden auch nie darauf hingewiesen, es ist aber so. Denn auch wenn die Zentrale Zentrale heißt, agieren wir Simóns nicht wie eine Partei, sondern wie ein Clan. Wir befolgen Regeln, die nirgends niedergelegt sind, jedoch von Generation zu Generation weitergegeben werden, Gesetze, die noch nicht einmal formuliert werden müssen, etwa dass die Kinder, von Ausnahmen abgesehen, nicht bei ihren Eltern sitzen, sondern bei ihren Cousins und Cousinen, auch wenn die – wie ich zum Beispiel – vom Alter her gut ihre Eltern sein könnten. Oder dass man, wenn es Caldereta gibt, nicht neben dem Kessel stehen bleibt, man nimmt sich mit dem Messer, legt Fleisch und Kartoffel aufs Brot, tritt ein paar Schritte zurück und fängt dann erst an zu essen, denn die Caldereta wird nicht am Tisch gegessen, sondern man steht dabei um die Kessel herum wie früher am Weinbergschuppen, als mein Großvater noch Reben hatte. Um den Kessel mit Chili scharen sich für gewöhnlich die Onkel und die mutigsten Cousins und Cousinen. Um den ohne die Tanten und die Kinder, die, bis sie zehn oder elf sind, als einzige ein Anrecht auf einen Teller haben, aber zumeist ebenfalls im Stehen essen.

Hilario unternahm öfter Ausflüge von der Großenrunde an den Tisch der Jüngeren, und wenn Hilario redete, sei es über die Regentschaft von Isabella II. oder darüber, dass die erste Frau, die im Dorf einen Führerschein besaß, auch die Erste war, die den Mond erreichte, weil sie gegen das Schaufenster der gleichnamigen Konditorei fuhr, dann waren wir alle still. Und das war eine weitere ungeschriebene Regel, an der sich die frei gewählte Ordnung zeigt, die daraus folgte und folgt, dass wir Simóns sind.

Ich glaube, wenn Hilario nicht mit zehn Jahren hätte arbeiten müssen, sondern stattdessen hätte studieren können, dann wäre er Lehrer geworden, auch wenn Geduld nicht seine Stärke war. Lehrer an einer Grundschule, das wäre er geworden. Er machte seinen Abschluss bei José Manuel Alcañiz, in der Abendschule. Und an dem Tag, als er starb, starb mit ihm auch ein großer Teil von unserem Gedächtnis, und mein Vater bat mich, etwas zu schreiben, was auf dem Friedhof vorgelesen werden konnte, weil man für Hilario unmöglich eine Messe lesen konnte, so wie er gegen Gott und »gegen dieses gesamte Pack von Heiligen« gewettert hatte und zuweilen, wenn die Gelegenheit entsprechend war, auch gegen dieses »Flittchen von Jungfrau«.

Bei den Simóns wird nämlich, auch das eine Lehre, die nicht ausformuliert wird, der blasphemische Fluch je nach der Schwere dessen, was ihn hervorruft, und nach eigener Beherztheit gesteigert: »Herrgott verflucht«, »Herrgott verflucht und Christus zu Pferd«, »Herrgott verflucht und das gesamte Pack von Heiligen« und »Herrgott verflucht und dieses Flittchen von Jungfrau«. Für die Beerdigung schrieb ich Folgendes und spürte dabei mit jeder Zeile, wie sonderbar es war, ein Ritual für den Tod erfinden zu müssen, wo wir doch Rituale für die Blasphemie besitzen.

Beim letzten Essen zum letzten Geburtstag vom Großvater hat unsere Cousine María ein Video aufgenommen. Im Mittelpunkt Hilario. Um ihn herum Pedro, Diego, Javi und Pablo. Er spricht, nicht ohne Nachdruck, über einen carlistischen Vorfahren: Diego Simón. Ab und zu klopft er Pedro, der neben ihm steht, auf die Schulter. Er erwähnt *Doña Perfecta* von Pérez Galdós, die anderen hören ihm zu. Sie schmunzeln. Sie nicken. Er beendet die Geschichte mit dem Satz, dass das alles zum Glück nicht von Erfolg gekrönt war, sonst wären wir heute womöglich alle für Vox. Wir haben gelacht, was sonst.

Beim letzten Essen zum letzten Geburtstag vom Großvater hat unsere Cousine María ein Video aufgenommen, und im Mittelpunkt Hilario, wie er eine seiner Geschichten zum Besten gibt. Aber das hätte bei jedem Geburtstagsessen, an jedem Weihnachten sein können, an jedem Sonntag im Haus der Großeltern. Weil sich das Bild wiederholte, wenn Hilario da war: Er war nicht er allein. Er war er und seine Geschichten. Hilario, wie er darüber spekulierte, welchen Ort Cervantes gemeint hatte mit dem Ort in der Mancha, an dessen Namen er sich nicht erinnern wollte. Hilario, wie er Lorca oder Miguel Hernández zitierte und sein »Geknechtetes Kind«. Hilario, wie er zum x-ten Mal und weil Pablo der Jüngere ihn gebeten hatte, die Geschichte von diesem Silvestertag erzählte, an dem die erste Frau, die den Mond erreichte, dort gegen die Konditoreischeibe fuhr, oder wie er lachte, weil er auf Englisch Hillary hieß, genau wie die Clinton.

Hilario mochte es, wenn er »Der Bruder« genannt wurde, vielleicht weil der ursprüngliche »Bruder«, von dem der Spitzname entlehnt war, auf diese Weise lebendig blieb. Viele von uns kannten Den Bruder und Die Schwester ja überhaupt nur durch das, was Hilario uns von ihnen erzählt hatte. Durch ihn lernten die Kinder der beiden, Hilario, Josefina, Belén und Carlos, und ihre Enkelkinder, Clara und Carolina, sie kennen. Durch ihn erfuhren sie davon, dass es die beiden gegeben hatte, dass sie ihre Füße hingesetzt hatten, wo wir unsere jetzt hinsetzen, dass sie gelacht und geweint haben in dem Hof, in dem wir jetzt lachen und weinen. Dass sie unseren Namen vor uns getragen haben.

Vielleicht war ihm das gar nicht klar, und bestimmt war es nicht seine Absicht, aber Hilario hat uns, zusammen mit seiner Frau, Jose, die immer an seiner Seite war, sehr viel beigebracht. Von ihm haben wir Anekdoten, Sprichwörter und Reime gelernt. Von ihm haben wir gelernt, dass die von der Hacke schwieligen Hände, die von Erde, Sonne und Wind gegerbten Hände auch etwas wissen, dass auch sie die Geschichte hegen müssen, die Poesie, die Bücher.

Doch das Wichtigste, was wir von ihm gelernt haben, ist vielleicht, dass uns, sollte es, wie er glaubte, keinen Gott geben, zu dem sich beten ließe, und keinen Himmel, in den man kommt, dass uns dann ausschließlich die Erinnerung lebendig hält. Wir leben fort in den Geschichten, die wir einander erzählen. Und von nun an ist es unsere Pflicht, unsere Verantwortung, seine Geschichte weiter zu erzählen. Weiter darüber zu lachen, dass er auf Englisch Hillary hieß. Hin und wieder »Geknechtetes Kind« zu rezitieren und fast noch seine Hand zu spüren auf unserer Schulter.

Javi las es vor, mein Bruder, der fünf Jahre nach der Sache mit dem Fötus im Glas schließlich doch kam, im Jahr 2000, sodass er einer der jüngsten Cousins ist. Wenn Hilario Ausflüge an den Tisch der Jüngeren unternahm, begann er meist ein Gespräch mit ihm, weil Javi fast von klein auf die Gedichte, die er aufsagte, mitsprechen konnte und seine Anekdoten ergänzte. »So mit der Kelle im Gürtel glaube ich dir, du bist ein guter Maurer, bloß nicht bei mir«, sagten sie im Chor und lachten und begannen dann, weil Javi alt, aber vor allem wissend geboren wurde, darüber zu debattieren, ob Spanien seit Isabella und Ferdinand Spanien ist oder es zuvor schon war.

Es war lustig anzusehen, wie ein Mann mit ledriger Haut und ein Jugendlicher in engem Leopardenhemd und mit lackierten Fingernägeln Stunden in Gesprächen über Geschichte und mit gereimten Sprüchen verbrachten, und es war schön zu erleben, wie Javi immer »hey, Der Bruder« sagte, wenn er ihn kommen sah, und wie Hilarios Augen strahlten, wenn er das hörte. Der Bruder und Die Schwester waren der Onkel und die Tante meines Großvaters Vicente gewesen, er war bei ihnen aufgewachsen, nachdem sein Vater aus dem Gefängnis geflohen und seine Eltern nach Frankreich ins Exil gegangen waren, und bis zu ihrem Tod hatten sie im Haus der Familie gelebt. Wir Cousinen und Cousins kannten sie nur aus dem, was uns Hilario und unsere Großeltern und Eltern von ihnen erzählt hatten, aber vor allem Hilario, und dadurch waren sie zu einem Gründungsmythos für unseren Clan geworden.

Von Hilarios Haus, wo wir nach der Beisetzung hingegangen waren, fuhr ich mit meinem Onkel Pablo, dem Möbelschreiner und Mann von der Ana Rosa im C 15 zurück zum Haus meiner Großeltern, und erst erzählte er mir von dem Harmonographen, den er gerade gebaut hatte, einem Apparat, mit dem man nur durch die Bewegung verschiedener Pendel Kurven zeichnen kann, und dann sagte er, ich solle das Handschuhfach öffnen und »den Zettel« herausholen. Der Zettel war ein Quartblatt mit der Aufschrift: »NICHTS HIER BENUTZEN. VERSTOPFUNG«. Er hatte zwei wahrscheinlich mit dem Kugelschreiber hineingestochene Löcher, und daran hing ein Faden. Ich las es mehrmals und sah meinen Onkel Pablo an, während mein Onkel Pablo geradeaus sah. »Das hing an der Klotür, ich habe es mitgehen lassen, um es für seine Kinder in eine Schatulle zu tun. Es ist das letzte schriftliche Zeugnis von ihm«, erklärte er mir, ohne den Blick von der Calle el Cristo zu wenden.

Wir kamen schon beim Haus meiner Großeltern an, das auch sein Haus ist, denn er wohnt mit der Ana Rosa oben im ersten Stock. »Aber jetzt?«, fragte ich. »Nein, bitte. Doch nicht jetzt«, sagte er. »Wenn ein bisschen Zeit vergangen ist.« Und er sagte außerdem, wenn er sterben würde, dann sollten wir ihn mit einer Dose Oliven und einem Päckchen Zigaretten begraben, und das sagte er sehr ernst.

Während ich ihm das Tor öffnete, damit er den C 15 auf den Hof stellen konnte, dachte ich an Hilario wie an den großen Pädagogen und Schulgründer Giner de los Ríos, denn hätte er studieren können, dann wäre er Lehrer geworden, und ich dachte an ihn genauso, wie Machado ihn beschrieben hat: »Starb er? Wir wissen nur, / dass er fortging von uns auf hellem Pfad / mit den Worten: Erweist mir / eure Trauer durch Werke und durch Hoffnungen. / Seid gut, nichts weiter; seid, was ich gewesen / in eurer Mitte: Seele. / Lebt, das Leben geht weiter, / die Toten sterben, und die Schatten schwinden; / mitnimmt, wer dalässt; es lebt, der gelebt hat.« Und ich dachte außerdem, dass die Schatulle außer seinem Zettel auch diesen letzten Vers enthalten sollte: »mitnimmt, wer dalässt; es lebt, der gelebt hat«. Denn Hilario hatte gelebt, doch weil er uns in seinem Leben von dem erzählt hat, worauf es ankommt, uns erzählt hat, wer wir sind und wo wir herkommen, hat er vor allem dagelassen.

Das Weibliche

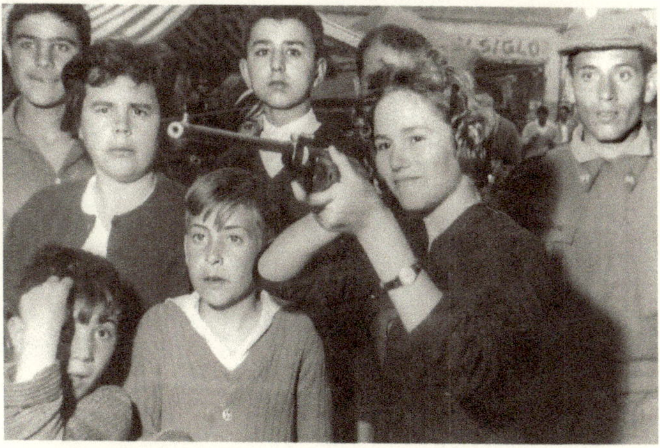

Die Ferien der anderen Kinder

Von der Vorschule in die erste Klasse wechselte ich von der Virgen del Rosario, die in Ontígola war, auf die Vicente Aleixandre in Aranjuez, wo mein Vater Briefträger war. Als Briefträger arbeitete man nicht, Briefträger *war* man, ich lernte das, weil er sagte, wir seien eine Postfamilie, und weil er nie sagte, er würde als Briefträger arbeiten, sondern immer, dass er Briefträger war. Die Ana Mari war ebenfalls Briefträgerin, aber in Ontígola, wo wir wohnten. Die Post befand sich in unserer Garage, erst im Haus am Dorfplatz, dem mit dem Balkon, auf dem ich Rollschuh fahren lernte und von dem aus man die Kirche sah, und später in dem in der Calle Flores, wo wir hinzogen, weil das Baby zur Welt kommen sollte, das dann nie kam. Es war eins dieser Reihenhäuser, die damals anfingen aus der Provinz Toledo und der Mancha einen – weiteren – Unort zu machen, mit immer weniger gekalkten Mauern und immer weniger mit Wasser gefüllten Plastikflaschen an den Ecken, damit die Hunde dort nicht das Bein hoben, und all das im Namen der Modernität und der neuen Kreisverkehrsnation Spanien, die stolz darauf war, seit neuestem europäisch zu sein.

Eine Modernität und ein Europäischsein, die sich verflüchtigten, sobald man in Ontígola zur Post ging, weil an der Tür zur Post, die die Tür zu einer weißen Garage war und genauso aussah wie die Türen der zehn weißen Garagen der zehn Reihenhäuser rechts und links, bloß mit einem gelben Briefkasten mit lackierter Klampe, ein von der Ana Mari handgeschriebenes Schild hing: »Öffnungszeiten: von 10:00 bis 11:00«. Auf dem Gehweg stand manchmal der Vespino, mit dem sie in Residencial und Girasoles die Post ausfuhr, den beiden Neubaugebieten mit freistehenden Häusern, richtigen Häusern, durch die sich Ontígola mit Auswärtigen füllte, wie wir es waren, nur dass die etwas mehr Geld besaßen und ein paar Jahre weniger »Hypothek«.

Die Ana Mari bekam wie alle Landbriefträger damals von der Post tausend Peseten dafür, dass sie den Raum zur Verfügung stellte, und den Raum zur Verfügung zu stellen war Bestandteil des Arbeitsvertrags. Als irgendwann auf zweitausend Peseten erhöht wurde und die Gewerkschaften damit prahlten, dass der Betrag verdoppelt worden war, lachte die Ana Mari ihr Lachen, bei dem sie den Kopf zurückwirft und viel Lärm macht, und sagte dauernd zu meinem Vater: »Das Doppelte von Nichts ist nicht mal Nichts«, und er lachte auch, aber sein Lachen, bei dem er sich die Hand vor den Mund hält und seine Schultern beben, als wollte er das Prusten unterdrücken und verhindern, dass das Lachen nach außen dringt, also genau umgekehrt wie die Ana Mari.

Dass die Post von Ontígola unsere Garage war, hatte den Vorteil, dass die Ana Mari, wenn ich Bauchschmerzen hatte und nicht in die Schule gehen konnte, zu Hause war. Der Nachteil war, dass die Leute ständig außerhalb der Öffnungszeiten (von 10:00 bis 11:00, wie es auf dem handgeschriebenen Schild an der Tür stand) kamen und bei uns klingelten. Dann durften wir uns nicht rühren, mussten mucksmäuschenstill sein, damit sie dachten, wir wären nicht da. Wir versteckten uns hinter der Küchentür oder unten im Gästeklo, wo neben der Toilette und dem Waschbecken nur der Korb mit der Schmutzwäsche stand, sahen uns an und lachten lautlos. Wenn wir hörten, wie die Schritte sich entfernten oder das Auto anfuhr, verließen wir unser Versteck und unsere Mucksmäuschenstille, und dann lachte die Ana Mari mit ziemlicher Sicherheit, wie sie immer lacht, als drängte sich alle Freude der Welt plötzlich in ihrem Mund und würde dort explodieren und ihr Kopf würde wie vom Rückschlag einer Pistole nach hinten gerissen.

Als ich noch auf die Virgen del Rosario in Ontígola ging, holte sie mich in gelbem Hemd und dunkelblauer Hose ab und hatte jede Menge braune Gummibänder um die Handgelenke, mit denen sie die Briefe bündelte, und manchmal, wenn keine Pakete mehr drin waren, durfte ich für den Nachhauseweg in den Karren. Wenn ich Glück hatte, kam sie auf dem Vespino, und wir fuhren zum Brotholen zur Benita, wo ich heimlich, wenn niemand hinsah, die Krümel aß, die in der Holzmaserung der Verkaufstheke hingen. Oder zur Rocío, einem sehr schummrigen Lebensmittelladen mit einer Fliegenlampe an der Decke, wo es immer nach Wurst roch.

An meinem sechsten Geburtstag, im Juni, sagten sie mir, dass ich nach den Ferien auf die Schule in Aranjuez gehen würde. Das fand ich gut, denn auch wenn das nur knapp fünf Kilometer entfernt war, gehörte Ontígola zu Toledo, Aranjuez aber schon zu Madrid, und Madrid war unendlich viel besser als Toledo, das wusste jeder, genau wie ein Ort mit über vierzigtausend Einwohnern – ich fragte immer, tue das noch heute, wie viele Einwohner ein Ort hat – und mit einem Palast und einem Kino und ohne alte schwarzgekleidete Frauen, die in Höhlen wohnen, unendlich viel besser war als einer mit knapp über tausend, in dem das einzig Gute die Brache neben unserem Haus war, die dem Ort auch als Schuttplatz diente und wo ich mit den Sofas spielte, dem Geschirr und der Sanitärkeramik, die von den Leuten ausgemustert worden waren. In einem Sommer entledigte sich jemand einer Sammlung von Stuckleisten, und ich verbrachte ihn damit, sie mit Wasserfarben anzumalen, aber als der September kam, warf die Ana Mari sie weg, denn bei Ordnung und Sauberkeit war sie unerbittlich. »Irgendwann gehe ich, dann wächst euch der Mist bis zur Decke«, sagte sie manchmal zu meinem Vater und zu mir, und ich überlegte dann, wohin die Ana Mari denn gehen wollte, wenn sie gehen wollte, weil sie doch so viele Orte kannte, immerhin war sie Jahrmarktlerin gewesen, und ob sie wohl fähig sein würde zu gehen, nur um uns zu beweisen, dass uns der Mist, wenn sie es täte, bis zur Decke wachsen würde. Was im Übrigen gar nicht stimmte, denn mein Vater und ich putzten viel, machten »einen Samstag«, wie die beiden den Hausputz nannten, egal ob er am Freitag, Samstag oder Sonntag stattfand, zur Musik von El Último de la Fila, wenn er etwas aussuchte, und zu Chiquetete oder Triana oder Los Chunguitos, wenn sie an der Reihe war. Aber der Ana Mari war das egal, sie drohte uns trotzdem weiter mit erzieherischem Verlassen, sodass mein Vater und ich uns berechtigt fühlten, ihr wildes Gestikulieren leise nachzuahmen, sobald sie aus dem Raum war, und nach getaner Arbeit überlegte ich immer noch weiter, wohin sie gehen würde, wenn sie ginge, dass sie mir einmal erzählt hatte, ihr würde das Kloster Piedra in Saragossa so gut gefallen, wo ihr Vater öfter mit ihr beim Jahrmarkt gewesen war, dass sie also vielleicht dorthin gehen würde.

Außer dass ich Stuckleisten mit Wasserfarben bemalte, verbrachte ich diesen Sommer auch damit, mich selbst beim Bahnentauchen im örtlichen Freibad herauszufordern. Wenn ich es hin und zurück schaffen würde, käme der September nicht. Ich steckte mir auch kurzfristigere Ziele – wenn ich nur hin tauchte, würde es Nudeln zum Mittagessen geben, was nicht eintrat, mich aber nicht kümmerte –, aber vor allem bat ich darum, dass der September nicht käme, weil ich nicht lesen konnte, und die Kinder aus Aranjuez, die ja zu Madrid gehörten und zu einem Ort mit fast vierzigtausend Einwohnern und ohne alte schwarzgekleidete Frauen, die in Höhlen wohnten, konnten bestimmt lesen.

Daran dachte ich die ganze Zeit und beschwerte mich die ganze Zeit und warf meinen Eltern vor, dass sie mir das Lesen nicht beigebracht hatten und mich auf eine Vorschule in einem Ort in Toledo geschickt hatten statt in eine in einem Ort in Madrid. Meine Großmutter María Solo tröstete mich und sagte, das sei nicht schlimm, bestimmt gäbe es noch andere Kinder, die nicht lesen könnten, aber ich glaubte ihr das nicht.

Meine Furcht, dass ich das einzige Analphabetenkind in der Klasse sein würde, brachte sie dazu, mit mir in den Wochen, die ich mit ihr und meinem Großvater Gregorio auf den Märkten war, einen Band der Kinderbuchreihe »El barco de vapor« zu lesen, der einen weißen Umschlag hatte und *Papa wohnt nicht mehr bei uns* hieß und von Pablo erzählte, dessen Eltern sich trennten. Zur Siesta setzten wir uns hin, und sie mühte sich, dass ich mehr als zwei Silben aneinanderreihte, aber immer kam irgendeine Standnachbarin auf einen Kaffee vorbei, oder sie musste Staub wischen oder sich darum kümmern, dass mein Großvater die Coca-Cola-Dosen nicht mit Wein auffüllte, damit wir nicht merkten, dass er trank, und wenn wir dann zu Pablos Geschichte zurückkehrten, wussten wir nicht mehr, wo wir stehengeblieben waren oder warum seine Eltern sich trennten.

Mich beruhigte es nur, als mein Onkel José Mari, der es von den Geschwistern meiner Mutter als Einziger an die Universität geschafft hatte, zu mir sagte, das sei nicht schlimm, er habe in meinem Alter auch nicht lesen können. José Mari war der einzige Mann neben vier Frauen, meinen Tanten, und der Einzige, der nicht nach der Mittelstufe abgegangen war. »Mein José Mari, der auf die Universität geht«, hörte ich meine Großmutter zur Shaid sagen, die im Sommer Trommeln verkaufte und im Winter mit dem Geld, das sie auf den Märkten verdient hatte, in den Senegal zurückkehrte. Oder zum Ginés vom Baby, denn so wurden auf den Märkten die Karussells genannt. Kinderkarussell sagten diejenigen, die auf den Jahrmarkt kamen, bei uns, die wir der Jahrmarkt waren, hieß das »Baby«.

Auf einem Baby war es auch, wo ich Mari Luz kennenlernte, ein zehnjähriges Mädchen, das Melody sehr ähnlich sah, nur dass Melody damals noch nicht berühmt war, der Gedanke kam mir erst später. Sie hatte eine Schießbude und einen Bruder, der jünger war als ich, und abends, wenn an ihrer Bude die Lampen angingen, half sie ihren Eltern. Vormittags spielte sie mit mir und lud mich in ihren Wohnwagen ein, weil Mari Luz nicht in ihrer Bude schlief wie meine Großeltern und ich, wenn ich bei ihnen war: Sie hatte einen Wohnwagen. Wir knüpften Armbänder, und ich zog ihre T-Shirts an, die bei ihr den Nabel freiließen, bei mir aber nicht, und sie erzählte mir, dass die leuchtende 85 an ihrer Bude das Jahr war, in dem ihre Eltern geheiratet hatten, und ich verliebte mich in sie, wie sich kleine Mädchen in etwas größere Mädchen verlieben, sodass sie ihnen nacheifern und so werden wollen wie sie. Wenn sie in der Schießbude Luftballons aufblies oder die Miniaturausgaben der Larios-Ginflaschen in die Metallregale stellte und mich kommen sah, lächelte sie mich an und ließ mich hinein und hob mich ein bisschen hoch, und nichts konnte erhebender sein. Ich weinte heftig an dem Tag, als ich mich von ihr verabschiedete, während im Hintergrund bestimmt Camela lief, und das war meine erste Sommerliebe.

Obwohl es mir mehrfach gelang, im Freibad von Ontígola hin und zurück zu tauchen, ohne zwischendurch Luft zu holen, kam der September und mit ihm mein erster Schultag. Ich bekam nervöses Fieber, weil ich nicht lesen gelernt hatte, aber meine Eltern, die wussten, dass ich vor jedem Geburtstag und jeder Bescherung am 6. Januar nervöses Fieber bekam, brachten mich trotzdem zum Unterricht.

Als uns die Lehrerin, die Rosa hieß, fragte, was wir im Sommer gemacht hätten, erzählte ich, umringt von zwanzig Kindern, die ich nicht kannte, nichts von Mari Luz oder davon, dass ich mehrere Wochen mit meiner Großmutter María Solo und meinem Großvater Gregorio in einer Marktbude geschlafen hatte, ihnen geholfen hatte, den Mercedes zu entladen, mich an einer Schüssel gewaschen hatte und barfuß zum Brunnen gelaufen war, an dem wir unser Wasser holten, während meine Großmutter hinter mir herrief, ich solle mir Schuhe anziehen, ich würde irgendwo reintreten und mir Tetanus holen. Von all dem sagte ich nichts, weil ich mich schämte, weil niemand denken sollte, wir wären Gitanos und ich könnte deshalb nicht lesen, denn das hatte ich außerhalb vom Jahrmarkt darüber gehört, was wir Marktleute waren.

Als ich an die Reihe kam, sagte ich, ich sei mit meinen Eltern am Meer gewesen, und als nachgefragt wurde, wo am Meer, sagte ich in La Mata, was einer von den Jungen gesagt hatte, die vor mir dran gewesen waren. Er rief: »Ich hab dich aber gar nicht gesehen«, und ehe die Lehrerin ihn zurechtwies, spürte ich zum ersten Mal, was Argwohn ist, und mir fiel ein, dass meine Großmutter María Solo immer zu mir sagte »Lügen haben kurze Beine«, weshalb ich mich dann über Jahre bemühte, sie so weit wie möglich zu verlängern. Fürs Erste bemühte ich mich an diesem Tag, in der Pause dem Jungen aus dem Weg zu gehen, der tatsächlich in La Mata gewesen war, damit er mich nicht fragte, wie es dort war, denn ich war nie dort gewesen. Ich war überhaupt noch nie am Meer gewesen.

Die Ana Mari ist wie das Universum: Sie expandiert

Von der Universität habe ich sehr wenig mitgenommen, was zum Teil an mir, zum Teil an der Universität lag, aber für zweierlei hat sie sich doch gelohnt: für den Stolz, mit dem meine Großmutter Mari Cruz der Tere erzählte, dass ich auf Journalistin studieren würde, als wäre es möglich, das zu studieren, und wegen Jimena.

An Jimena gefällt mir, dass sie sehr helle Haut hat und unzählige Muttermale, dass sie immer Halstücher trägt und sehr aufmerksam ist, und zwar auf das, was uns anderen entgeht, sodass sie ständig zufällige und erhellende Entdeckungen macht. Außerdem, dass sie viel lacht und mich zum Lachen bringt wie überhaupt jeden, der sie zu verstehen weiß. Im vierten Studienjahr sollten wir im Radio-Kurs eine Magazinsendung produzieren, und sie kam auf die Idee, sie *Dauerwelle* zu nennen und dafür den Tontechniker, Chispas, zu interviewen, der ihr gut gefiel, obwohl er sehr hager und zerzaust war, und ihm dabei die gleichen Fragen zu stellen, die dem Schauspieler Juan Diego Botto in einem Interview auf der letzten Seite von *El País* gestellt worden waren. Und so sah sich der arme Chispas, der bestimmt nur zugesagt hatte, weil wir eine Gruppe von fünf Frauen Anfang zwanzig waren, genötigt, vor den Mikrophonen im Tonstudio der Universität Fragen zu beantworten wie: »Sind Sie Anhänger des Method Acting?« und »Warum können die Argentinier die Spanier nicht ausstehen?« oder »Waren Sie als Kind oft gemein?«

Einige Jahre nachdem wir uns im ersten Studienjahr kennengelernt hatten, erzählte mir Jimena abends nach einer Buchvorstellung im Haus der Anarchistengewerkschaft CNT die Geschichte ihrer Familie. Sie berichtete mir vom Vermögen ihrer Urgroßeltern, von mehrstöckigen Nachnamen und dem Palast ihrer Großmutter an der Gran Vía in Bilbao. Wie der Stapel von Grundbesitzurkunden ihrer Familie irgendwann magersüchtig wurde und ihre Familie zu den ersten in Spanien gehörte, die im Flugzeug reisten. Ihre Mutter war Flugbegleiterin, ihr Vater Flugbegleiter bei Iberia, und sie selbst hatte zunächst Luft- und Raumfahrttechnik studiert, nach einem Jahr aber zum Journalismus gewechselt, wo ich sie dann kennenlernte.

Sie erzählte mir außerdem, dass sie, weil ihre Familie mütterlicherseits so reich war, immer gedacht habe, ihre Familiengeschichte sei es nicht wert, erzählt zu werden, und deshalb rede sie fast nie darüber, worauf ich antwortete, dass man zumindest in einer Geschichte immer leichter David als Goliath ist, zumal die Welt, in der wir leben, ja zusehends einem Wettbewerb im Jammern gleicht.

Vielleicht weil meine Familie nicht reich ist, will Jimena immer sehr viel über sie wissen. Als sie einmal zusammen mit unserem ehemaligen Dozenten José Cabeza an einem Drehbuch schrieb, bei dem die Hauptfigur Briefträger war, und sie Informationen über den Beruf zusammentragen mussten, interviewten die beiden meinen Vater und meine Mutter. Gemeinsam besuchten sie meinen Vater daheim, um ihm Fragen über den Alltag bei der Post zu stellen und darüber, worin sich ein Einschreiben von einem Standardbrief unterscheidet, aber als sie sahen, dass mein Vater Cola Cao mit Milch, Honig und Zucker frühstückte und seine sehr blauen Augen feucht wurden, als er sich an den Briefträger seiner Kindertage erinnerte, der ihm Briefe von seinem Vater brachte, meinem Großvater, der in Deutschland war, da verliebten sie sich ein bisschen in ihn. Endgültig war es um sie geschehen, als er zu ihnen sagte, wenn sie Anregungen suchten, dann sollten sie die Ana Mari treffen. »Weil, die Ana Mari ist wie das Universum: Sie expandiert«, sagte er. Und am Ende lehnten sie ihre Filmfigur, nicht nur weil er Briefträger war, an meinen Vater an.

Was ihnen gefiel, war nicht eigentlich dieser Satz über seine Exfrau gewesen, sondern dass er gar nicht merkte, was er da sagte, also, wie er es sagte. Mein Vater ist sich der Poesie nie bewusst, denn er ist in ihr beheimatet, sie ist sein natürlicher Zustand und das Medium, in dem er lebt. In einem Winter vor zwei, drei Jahren erzählte er uns, er habe zwei majestätische Eulen, schrieb meinem Bruder und mir in unserer WhatsApp-Gruppe, er habe nach seinen majestätischen

Eulen geschaut, und schickte uns sehr verpixelte Fotos von ihnen, weil er sie hatte heranzoomen müssen: Sie saßen hoch oben auf einem Gebäude in seiner Nachbarschaft. Immer auf demselben Haus und in derselben Position. Wenn ich ab und zu sonntags zum Essen bei ihm war, wollte er danach immer zügig mit meinem Bruder und mir die Eulen anschauen, und wenn wir ihm sagten, sie seien aus Plastik, sagte er, das würde nicht stimmen, neulich hätte er sie ein bisschen fliegen sehen. Als wir nicht mehr sagten, dass sie dort als Taubenschreck saßen, hörte er auf, mit uns hinzugehen, ich nehme an, weil er erreicht hatte, was er wollte, wir gar nicht hatten glauben sollen, seine majestätischen Eulen säßen da wirklich, sondern dass er für uns eine Wirklichkeit erfunden hatte, in der seine majestätischen Eulen dort saßen. »Seht nur, ihr Gefieder«, sagte er, und mein Bruder und ich lachten und schauten uns betreten an. Einmal, als wir dort waren, um nach ihnen zu sehen, hatte sich an einer der beiden eine Plastiktüte verfangen, aber mein Vater sah darüber hinweg, und wir taten es ebenfalls.

Jimena und José Cabeza verabredeten sich schließlich mit der Ana Mari bei ihr zu Hause und taten, was ihnen mein Vater geraten hatte: »Sagt vorher, wann ihr wieder gehen müsst, setzt eine Grenze, behauptet, ihr hättet noch einen Termin, damit ihr in weniger als zehn Stunden wieder dort wegkommt.« Nach diesem Nachmittag bei ihr lehnten sie außerdem die Figur der Exfrau des Briefträgers ein wenig an sie an, an die Exfrau meines Vaters.

In den Tagen nach dem Besuch der »Drehbuchautoren« – so nannte die Ana Mari sie gern und erzählte allen ihren Kolleginnen und Kollegen von der Post einzeln und vermutlich mehrfach von ihnen – wetteiferten meine Mutter, die in Bezirk 13 austrägt, und mein Vater, der in Bezirk 19 austrägt, vor den Augen der gesamten Briefträgerschaft darum, bei wem die beiden länger gewesen waren, wer ihnen mehr Stoff geliefert hatte oder wer in dem Film die bedeutendere Rolle spielen würde. Mein Vater sagte, seine Figur sollte von Benicio del Toro oder von Pepón Nieto gespielt werden, und die Ana Mari lachte bestimmt sehr darüber beim Stopfen, wie die Briefträger es nennen, wenn sie die Briefe in den Verteilspind sortieren. Mein Vater und die Ana Mari trennten sich, als ich zwölf war und Javi drei, und arbeiten im Grunde seitdem im selben Büro, weil meine Mutter von Ontígola nach Aranjuez wechselte.

Als Jimena und José Cabeza dem Regisseur ihren Drehbuchentwurf vorlegten, meinte der, die Figur der Ana Mari sei nicht glaubhaft. Sie sei zu sehr Filmklischee, zu almodóvarhaft, niemand würde Briefe austragen mit Masterseminaren in Psychologie oder Meditationsübungen auf dem MP3-Player, dazwischen lautstark Lieder von Parrita singen und diesen gelben Karren dazu schieben. Als Jimena mir davon erzählte, sagte ich, sie solle die Ana Mari zur nächsten Drehbuchbesprechung mitnehmen. Als mein Bruder der Ana Mari erzählte, dass sie angeblich ein Filmklischee war und es jemand wie sie nicht geben könnte, lachte die Ana Mari sehr laut und sehr lang und sagte in den Tagen

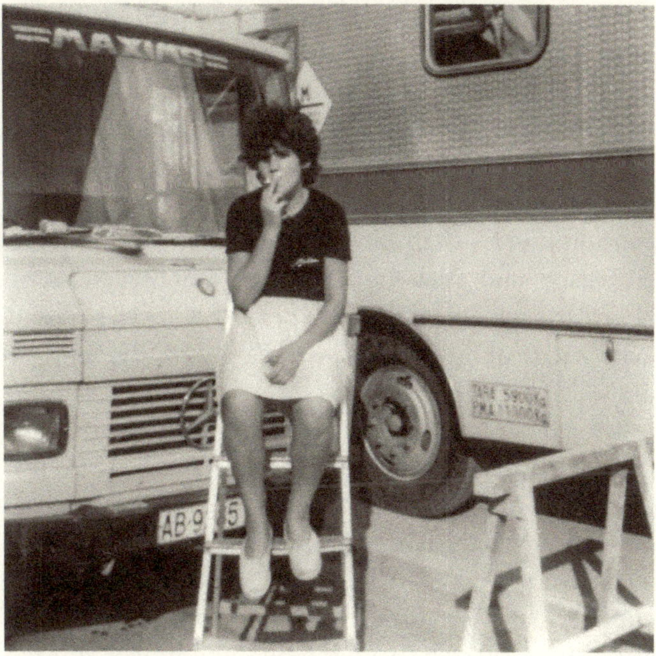

darauf zu aller Welt: »Weißt du, was der Regisseur von den Drehbuchautoren sagt? Ich bin ein Filmklischee«, und bestimmt lachte sie jedes Mal, wenn sie das sagte, genauso kräftig und genauso laut wie in dem Moment, als Javi ihr davon erzählte, weil die Ana Mari sehr laut lacht und sehr laut spricht, und wenn man zu ihr sagt, dass sie sehr laut spricht, dann sagt sie, das sei ihre »Stimmlage«.

Als mein Vater den »Drehbuchautoren« sagte, die Ana Mari sei wie das Universum, weil sie expandiere, lieferte er ihnen wahrscheinlich die treffendste Definition, die es für sie geben kann, denn wenn die Ana

Mari irgendwo ist, dann füllt sie alles aus. Ihr Lachen und ihre Sprachmelodie von nirgendwoher (sie nennt sich selbst Nomadin, weil sie von Jahrmarkt zu Jahrmarkt aufgewachsen ist, und ihre Betonung und Aussprache bestätigen das) und ihre Art, wie sie lautstark den Aberglauben meiner Großmutter María Solo wiederholt und in allen Einzelheiten jede von ihr erlebte Situation und alles von ihr dabei Empfundene schildert, dringen in jeden Winkel vor, in jede Höhlung, jede Ritze, ohne dass sich das Geringste dagegen tun ließe.

Ich versöhnte mich zwei Mal mit ihr: Das erste Mal, als ich mit sechs Jahren aufhörte, sie Ana Mari zu nennen, und anfing, Mama zu sagen, weil ich merkte, dass alle eine Mutter hatten und nur ich eine Ana Mari. Das zweite Mal, als »die Drehbuchautoren« sie interviewten und der Regisseur sagte, sie sei ein Filmklischee, und sie sich darüber freute und Jimena mir monatelang erzählte, was für ein Glück sie gehabt hätten, sie zu finden. Da verstand ich, dass ich nie, niemals eine Mutter gehabt hatte, was mich in den Jahren, in denen ich sie Mama genannt hatte, immer ein bisschen geängstigt hatte. Denn auch wenn ich sie Mama nannte, war sie es nie ganz geworden, weil sie nicht war wie andere Mütter. Die Ana Mari hatte nie zu mir gesagt, ich solle mir was Warmes anziehen oder nicht spät nach Hause kommen oder mich nicht mit diesen oder jenen abgeben, und sie hatte mir auch nie etwas für die große Pause gemacht oder mir Tupperdosen mitgegeben, als ich nicht mehr bei ihr wohnte. All das tat mein Vater, vielleicht weil er in einem Clan aufgewachsen war, der die immer gleiche Erde gepflügt, Winter für Winter die gleiche Rote Beete gejätet hatte, während meine Mutter einer fahrenden und hausierenden Gemeinschaft angehörte, ohne Stundenpläne und andere Wurzeln als die, die sich ans Herz klammern, ohne größere Sicherheit als die, niemals eine Routine zu haben. Aber das verstand ich erst später. Über viele Jahre war ich in der Grundschule und in der Oberschule neidisch auf meine Freunde, wenn die ihre Mütter anstrengend fanden, weil ich wusste, woher das kam, und es als eine Form von Liebe deutete, die mir die Ana Mari nicht entgegenbrachte.

Meinen Freunden ging es vermutlich umgekehrt, sie beneideten mich vermutlich darum, dass ich die Ana Mari hatte. Eine Mutter ist immer zu Vorwürfen verdammt, sie ist die erste Liebe, die reine Liebe, und der plötzliche Schmerz, dass man nicht der andere sein kann, nicht eins sein kann mit dem anderen, lässt sich unmöglich immer wettmachen. Die originäre Enttäuschung geht, genau wie die originäre Liebe, auf das Konto der Mutter.

Vor fünf Jahren meldete sich der Nacho über Facebook bei meiner Mutter. Über *das* Facebook, wie sie dazu sagt, wo sie im Wesentlichen Postkarten von den Windmühlen von Criptana mit Wasserzeichen teilt, Videos von einer Seite, die »Post im Kampf« heißt, und Bilder von Buddhas und Mandalas mit gedruckten Texten von einer anderen, die sich »Die Kunst des achtsamen Lebens« nennt. Nacho, der Nacho, der Falke, war ihr erster Freund gewesen. »Der Falke« ist sein Spitzname, und so nennt ihn mein Vater, wenn er sich über meine Mutter lustig machen will, denn die Beziehung meiner Eltern gründet, seit sie sich vor über zehn Jahren getrennt haben und sich von Montag bis Freitag täglich acht Stunden sehen, ein bisschen darauf: sich lustig zu machen.

»Frag deine Mutter, wie es heute gelaufen ist, wo sie vierzig nicht zugestellte Einschreiben zurückgebracht hat«, sagt mein Vater manchmal zu mir, wenn ich anrufe, und wenn ich die Ana Mari darauf anspreche, fängt sie am anderen Ende zu gestikulieren an – das sehe ich nicht, weil es am Telefon ist, aber ich weiß es – und schreit und hält mir einen Vortrag über prekäre Arbeitsbedingungen und über die Privatisierung der Post und über Amazon und über die Beschränktheit der Leute und dass es der Untergang des Abendlandes ist, wenn man über AliExpress zwanzig Stöpsel für die Badewanne bestellt, weil sie pro Stück fünfzig Cent kosten, statt runter zum Kramladen zu gehen und sich einen zu kaufen.

Die Ana Mari lernte den Nacho auf dem Jahrmarkt von Manzanares kennen, als sie fünfzehn war. Er stammte nicht aus einer Marktfamilie, er arbeitete für Rafael Bustos, der aus Nachos Heimatdorf Santa Cruz de Mudela kam und ebenfalls Spielsachen und Taschenmesser verkaufte, aber keine Modeartikel. Der überwiegende Teil des Geschäfts meiner Großeltern waren nämlich Spielsachen, sie verkauften daneben aber auch Modeschmuck und Handtaschen und Aktenmappen aus Leder, ein paar Taschenmesser und Gürtel. In dem Sommer, als sie den Nacho kennenlernte, ging die Ana Mari von der Schule ab, denn wäre sie im September nach Criptana zurückgekehrt und hätte sich dort wie jedes Jahr zusammen mit ihren Geschwistern erneut an der Schule angemeldet, dann hätte sie den Nacho weder auf dem Jahrmarkt von Gandía noch auf dem von Gerona gesehen, also entschied sie sich, nicht zurückzukehren und Marktlerin in Vollzeit zu werden, nicht mehr zum Unterricht zu gehen und im Winter auf Wochenmärkten, im Frühjahr auf Wallfahrtsfesten und im Sommer auf Jahrmärkten zu arbeiten. In dieser Zeit schloss sie einen Kurs in Schreibmaschineschreiben ab, und als sie meinen Vater kennenlernte, machte sie eine Nähfortbildung und verbrachte ein paar Monate mit Nähen und Bügeln. Kurz nach meiner Geburt, mit zweiundzwanzig, fing sie als Briefträgerin an.

Aber als sie den Nacho wiedertraf, der auch nicht mehr auf Jahrmärkte fuhr, sondern Fernfahrer war, hatte die Ana Mari ein abgeschlossenes Studium, Psychologie, das sie parallel zu mir, aber an der Fernuni absolviert hatte, während sie acht Stunden am Tag arbeitete und sich um meinen Bruder kümmerte.

In diesen ersten Monaten, als sie wieder zusammenkamen, fertigte Mónica, eine Kollegin der Ana Mari, eine Fotomontage aus einem Bild, auf dem die beiden in die Kamera strahlen, einem zweiten von zwei Falken und dem Filmplakat zu *Der Tag des Falken* mit Michelle Pfeiffer. Das benutzt die Ana Mari seitdem als Profilbild auf WhatsApp, und letzte Weihnachten schenkte sie dem Nacho zwei Fotobücher, die sie selbst gestaltet und im Internet bestellt hatte, mit diesem Foto und jeder Menge mehr. Sie ordnete die Bilder geographisch, immer zwei, drei Seiten für jeden Ort, an dem sie zusammen gewesen sind, und beschriftete jede Seite entsprechend: Algarve, Segovia, Sevilla, Asturien … mischte dabei Gegenden, Regionen und Städte, je nach Gelegenheit. Es gibt so viele Fotos von den beiden an so vielen verschiedenen Orten, weil die Ana Mari, wenn sie Urlaub hat, zwei Wochen mit dem Nacho im Lkw mitfährt, und wenn er Urlaub hat, fahren sie auch irgendwo hin. Während er hinterm Steuer sitzt, liest sie oder strickt, und es kümmert sie nicht, wenn wir ihr sagen, dass es gefährlich ist, im Lkw zu stricken, schließlich ist sie in einem aufgewachsen, und deshalb fährt sie so gern im Sommer mit dem Nacho mit und schläft vierzehn Tage zwischen Orangen, Zwiebeln, Öl oder was auch immer im Anhänger.

Darüber unterhielten wir uns an dem Tag, als ich beschloss, dass ich sie nicht mehr Mama nennen und sie wieder die Ana Mari sein würde. Das war in Criptana. Wir aßen zusammen mit dem Nacho und meinen Tanten, ihren Schwestern, auf der Terrasse der Bar La Plaza zu Mittag. Außerdem war meine Freundin Sara dabei, die uns für einen Tag besuchte. Die Ana Mari erzählte unter unserem gebannten Blick, dass sie den Gitanos, bei denen sie die Post austrägt, weisgemacht hat, sie würde zu den Quinquis gehören, damit sie respektiert wird und man ihr den Karren nicht klaut, was schon einmal passiert sei. »Und, klar, die sehen mich, mit diesen Haaren und den Augen, und dazu lasse ich Flamencopop auf dem Handy laufen, Los Chicos oder El Barrio, oder ich nehme eine Rumba oder singe was, und sie glauben mir. Ich spreche ja auch ein bisschen

Caló, was mir die Gitanas auf dem Jahrmarkt von Gerona beigebracht haben, dort sind immer viele. Also schaue ich immer sehr ernst, wenn sie mich fragen, ob ich eine von ihnen bin, und sage, nein, von den Quinquis, weil ihnen das mehr Angst macht«, sagte sie.

Und bei diesem Mittagessen, vor einem Teller mit panierten Hähnchenschlegeln, begriff ich, dass die Ana Iris, die noch keine sechs Jahre alt gewesen war, recht gehabt hatte. Ich durfte sie nicht als Mama bezeichnen. Ich durfte sie der Welt gegenüber nicht darauf reduzieren, denn tatsächlich war sie für mich nie nur das gewesen. Jemand, der expandiert wie das Universum, darf man nicht um den eigenen Namen bringen.

Das Heilige und das Profane

Bewahre das Gebot deines Vaters und lass nicht fahren die Weisung deiner Mutter

Bei einem der ersten Male, als Cynthia bei mir übernachtete, nahm ich sie zur Kommunion in die Kirche mit. Weder sie noch ich waren getauft, und sie ließ sich auch nie taufen, ich aber schon, als ich mit neun Jahren beschloss, zur Erstkommunion zu gehen. Zum Religionsunterricht musste man mich ebenfalls anmelden, denn vorher hatte ich Ethik gehabt und zusammen mit Sofía und Pablo als Einzige die Klasse verlassen, wenn Montse kam, die Reli-Lehrerin. Man setzte uns ins Büro des Konrektors der Vicente Aleixandre, und dort sollten wir dann, je nachdem, was anstand, Hausaufgaben machen oder malen.

Ich beschloss, zur Erstkommunion zu gehen, weiß aber nicht, ob ich auch beschloss, an Gott zu glauben, zumindest nicht zweifelsfrei. In meinen ersten Religionsstunden und im Kommunionsunterricht fragte ich Montse und Dolores, die den Katechismus lehrte, warum Gott, wenn es ihn gab, die Armut zuließ, warum er uns nicht vollkommen geschaffen hatte und wir Kacka und Pipi machen mussten und Kriege führten, warum es Leute ohne Arme gab wie meine Tante Vane, die jüngste Schwester meiner Mutter, der bei der Geburt ein Arm gefehlt hatte, und meiner Großmutter María Solo war die Plazenta verrutscht, als sie sah, wie sie zur Welt gekommen war, und was diese Schöpfung für ein Riesenbeschiss war, wenn es Schmerzen gab und Kummer und Tod.

Die beiden antworteten geduldig und so gut sie konnten auf meine Fragen, hofften bestimmt, sie würden eines Tages versiegen, und verkniffen sich den Gedanken, dass schon Luzifer über all das nachgedacht hatte und ein Drittel der Engel auf seiner Seite gewesen war. Immerhin war ich die konvertierte Tochter eines monotheistischen Atheisten, denn mein Vater war nicht bloß Atheist, er glaubte mit Inbrunst an den Atheismus. Kurzum, ich war ein kleines Mädchen, das, wie sie vermutlich dachten, allen Widrigkeiten zum Trotz den Ruf Gottes verspürt hatte. Jahre später sollte ich erfahren, dass eine meiner kleinen Cousinen in ihrem Zimmer dabei entdeckt worden war, wie sie mit ihren knapp fünf Jahren, die Knie in den Boden gebohrt und die Händchen fest gefaltet, heimlich dafür betete, »dass der Papa das nicht sieht, weil dem Papa nicht gefällt, wenn ich bete«.

Statt zu beten, besuchte ich heimlich die Messe. Ich fing zwei Jahre vor meiner Erstkommunion damit an, mit sieben. Unsere Haustür war vom Portal der Kirche von Ontígola knapp fünfzig Meter entfernt, und Don

Gumersindo, der Pfarrer, bekam es nicht mit, dass ich ihm vom Fenster meines Zimmers aus zusah, wenn er abends abschloss. Ich sah außerdem die alten Frauen, die unter der Woche um sieben zur Messe gingen, und sonntags die Familien zur Messe um zwölf, bis ich irgendwann zur Ana Mari sagte, ich würde zum Brunnen gehen, wo ich unermüdlich einen Ball gegen eine Mauer bolzte, dann aber in Wahrheit die Messe besuchte.

Ich setzte mich in eine der hinteren Bänke, ganz an den Rand, falls ich schnell abhauen müsste, und als Don Gumersindo begann, die Hostien auszuteilen, stellte ich mich zu den alten Frauen in die Schlange. Als die Reihe an mich kam, fragte er nicht und legte mir die Oblate in den Mund, weil ich nicht die Hand aufhielt. Ein paar von den alten Frauen hielten die Hand auf, andere den Mund, und mir kam es vor, als wäre die Hand aufzuhalten keine würdige Form, um erstmals den Leib Christi zu empfangen. Mein erster Gedanke beim Essen war, dass er an meinem Gaumen festklebte und ich ihn dort nie mehr abbekommen würde und dass ich von jetzt an mit dem Leib Christi hoch oben in meinem Mund würde leben müssen und wie ich das bloß vor der Ana Mari und vor meinem Vater geheim halten sollte, vor allem vor meinem Vater. Der zweite, dass der Leib Christi so schmeckte wie die nachgemachten Tausend-Peseten-Scheine, die Natalia verkaufte, die Frau vom Kiosk an der Plaza Mayor, genau gegenüber der Kirche. Der dritte, als Folge des vorherigen, dass ich jetzt verstand, wieso die Ana Mari immer sagte, dass sie »an Gott glaubte, aber nicht an die Kirche, weil es der Kirche doch bloß ums Geschäft geht und die alle Pharisäer sind, und wenn der Herrjesus wiederkäme, dann würde er ihnen den Laden dichtmachen«. Nicht verwunderlich. Sie verkauften einem die Tausend-Peseten-Scheine, die man bei Natalia bekam, als Stückchen von seinem Leib.

Bei diesem wie bei allen späteren Malen, zu denen ich die Messe besuchte, darunter mehrfach mit Cynthia, kam ich schließlich zu dem Schluss, dass Don Gumersindo glauben musste, ich sei bereits bei der Erstkommunion gewesen, denn die Kinder von Ontígola gehen ein Jahr früher als die in Aranjuez zur Kommunion, und dass er mich deshalb teilnehmen ließ. Cynthia kannte er nicht, sie mitzunehmen war also nicht riskant. Dass es irgendwie merkwürdig sein könnte, wenn ein kleines Mädchen allein in die Messe ging, kam mir nicht in den Sinn.

Mir gefielen die Predigten von Don Gumersindo, obwohl er mir manchmal Angst machte, und ich dachte, dass mein Vater deshalb nicht an Gott glaubte, weil er einem manchmal Angst machte. Dann wieder war es sehr schön, so als wäre man zu Hause, und dann dachte ich, dass meine Großmutter María Solo deshalb an Gott glaubte, weil das für sie als Marktfahrerin ihr einziges Zuhause war und weil Gott so gut war wie niemand sonst und uns mehr liebte als jeder andere und allen immer verzieh, genau wie sie.

An der Messe gefiel mir auch, dass ich es den alten Frauen nachmachen konnte, mich mit dem Wasser aus dem Becken am Eingang der Kirche bekreuzigen, mich setzen und die Augen schließen und spüren, wie sich meine Lungen mit Weihrauch füllten, und mich erheben, wenn gesagt wurde, ich solle mich erheben, denn auch wenn ich an Gott meine Zweifel hatte, beschloss ich mit meinen neun Jahren doch, wenigstens an die Rituale mit Inbrunst zu glauben. Und dann das Nachhausekommen, mir gefiel es, nach Hause zu kommen und das Geheimnis zu hüten, keinem etwas davon sagen zu dürfen, dass ich in der Messe gewesen war, was ebenfalls ein Ritual war, das des Schweigens. Außer Cynthia, der ich es am ersten Wochenende, an dem sie bei mir übernachtete, erzählte, sagte ich niemand, dass ich dem monotheistischen Atheismus abtrünnig geworden war.

Cynthia und ich lernten uns in der ersten Klasse Grundschule kennen, als ich von der Virgen del Rosario in Ontígola auf die Vicente Aleixandre in Aranjuez wechselte. Sie war bereits dort in die Vorschule gegangen, und wir verbrachten in der Schule nicht viel Zeit miteinander, weil sie dort mit Samuel, Sagrario und Daniel Vergara zusammen war, die aus ihrem Viertel kamen, aus El Hoyo. Wenn in El Hoyo gebaut wurde, dann zapften die Gitanos den Baggern und Erdbohrern mit Schläuchen den Sprit ab. Das erzählte mir Cynthia, wenn ich sie daheim besuchte. Als Jahre später Mayweather gegen McGregor boxte, stellte ein Anwohner seinen Fernseher in den Pavillon, das Epizentrum des Viertels, das Forum, um das herum sich die dutzend Sozialwohnungsblocks von El Hoyo scharen, und schaute sich den Kampf mit drei, vier von seinen Leuten an. Das weiß ich, weil ich es gesehen habe, denn seit ich sieben Jahre alt war und bis heute besuchen Cynthia und ich einander daheim.

Es ist eigentümlich zu erklären, wer Cynthia ist, denn wenn ich sage, sie ist meine Freundin, dann stimmt das nicht ganz und trifft es nicht richtig. Im zweiten Oberstufenjahr träumte ich einmal, dass ich in einem Lokal war und im Hinausgehen Cynthia als Kind begegnete, mit sieben Jahren und ihren sehr glatten und sehr blonden Haaren und ihren sehr großen Zähnen und Augen, und ihr erklären musste, wer ich war und was sie für mich werden würde, was wir gemeinsam werden würden. Daran denke ich heute noch manchmal und frage mich, was ich sagen, wie ich dem Cynthia-Kind begreiflich machen würde, was Mimese bedeutet, was Freundschaft und ein geteiltes Leben.

Diesen Sommer schauten wir einmal gemeinsam nach Melón, dem Kater von Jaime, einem Freund aus Schulzeiten, der im Urlaub war, und Cynthia sagte, sie müsse mit mir über etwas reden, worüber sie schon die ganze Woche nachdenke. Ich sagte, ich hätte auch etwas, was mir nicht aus dem Kopf gehen würde, und auf ihr »du zuerst« hin erklärte ich ihr etwas befangen, wir hätten uns womöglich in die verkehrte Richtung angeglichen. Dass ich am liebsten »ein bisschen Heimchen am Herd« wäre. Ich glaube, eigentlich hatte ich gar nicht Heimchen am Herd, sondern Hausfrau sagen wollen, aber ich weiß auch, dass ich Cynthia gegenüber meine dunkelsten Gedanken auszusprechen wage, die ich nicht einmal mir selbst gegenüber in Worte fassen kann, sofern sich Denken in Worten vollzieht.

Sie öffnete ihre sowieso schon weit geöffneten Augen noch weiter und sagte, worüber sie schon die ganze Zeit nachdenke, sei genau dasselbe, sie sehe da nur einen Haken: die wirtschaftliche Unabhängigkeit. Dann unterhielten wir uns über dieses gewaltige X, das sie uns für ein U vorgemacht hatten, weil die Eingliederung der Frau in den Arbeitsmarkt vielleicht gar kein Weg hin zur Gleichberechtigung war und wir nicht hätten fordern sollen, ebenfalls gegen Lohn zu arbeiten, sondern dass die anderen es weniger täten, überlegten, wer bei diesem Fortschritt die Fäden in der Hand hielt, wem er zugutekam und dass wir unser kleines Königreich hergeben würden für eine konkrete und genaue Definition dieses Begriffs.

Schließlich kamen wir wie üblich vom Hölzchen aufs Stöckchen und regten uns über den Satisfyer auf, weil der doch nur dazu diente, die Instabilität auch im Sexuellen zu ertragen und im Namen unserer Freiheit jede Bindung zu kappen und uns selbst zu ermächtigen für eine hohle Sexualität und diesen »Bonobo-Kapitalismus«, um einen Begriff meines Freundes Gonzalo zu gebrauchen, der etwas gegen Pornos hat und gegen Selbstbefriedigung und gegen vieles andere, was hier nichts zur Sache tut.

Später drehte sich das Gespräch um die Frage, ob wir alles daransetzten, den Mythos von der romantischen Liebe zu zerstören (der in Wahrheit gar kein Mythos ist, denn Nichts wird aus dem Nichts erschaffen, und ehe es Schneewittchen gab, meine Beste, da hat es bereits Penelope gegeben, die webte und das Gewebte wieder löste), und zwar nicht etwa deshalb, weil der Mythos schädlich wäre (was wir nicht vollständig abstritten, da ist ja was dran), sondern weil wir mittelmäßig waren und sind, und den Mittelmäßigen wird mulmig bei der Vorstellung, dass etwas nach Erhabenheit oder Beständigkeit strebt. Also arbeiten sie (arbeiten wir) fortwährend daran, jeden Ansatz dafür zu zerstören. Um dann so zu tun, als hätte es alles, was damit zu tun hat (wie beispielsweise die romantische Liebe), niemals geben dürfen. Oder schlimmer noch: als hätte es das niemals gegeben.

Aufgekratzt und mit einem Kater, der zwischen uns auf einem Sofa lag, das nicht uns, sondern Jaime gehörte, kamen wir zu dem Schluss, dass wir Kinder wollten und die Möglichkeit, uns um sie zu kümmern, dass wir nicht vierhundert Euro im Monat ausgeben wollten, damit jemand anderes sie aufzog, und dass Männer, um zu gefallen, *tätig sein* müssen, uns aber das *Sein* genügt und dass womöglich jede Frau einen Faschisten liebt, wie Sylvia Plath geschrieben hat, und dass sich Sylvia Plath außerdem gefragt hat, ob man sich nicht lieber dem vergnüglichen Kreislauf der Fortpflanzung ergeben soll, der angenehmen und tröstlichen Anwesenheit eines Mannes im Haus, weshalb es nicht mehr lange dauern konnte, bis sie auf dem Scheiterhaufen landete. Darüber redeten wir und über Etliches mehr, bei dem wir uns, wäre es gefilmt und auf Twitter gestellt oder einfach in Anwesenheit unserer übrigen Freundinnen geäußert worden, einiges hätten anhören dürfen.

In der Grundschule hatten Cynthia und ich noch nicht dieselben Freundinnen. Inés und Sara und Tamara kamen erst später, in der Mittelstufe, dazu. In der Grundschule war ich von Montag bis Freitag mit Sofía und Lucía zusammen, aber seit wir uns eines Morgens auf der Plaza de la Constitución in Aranjuez begegnet waren, gehörten Cynthia die Wochenenden. Sie war mit ihrer Mutter, der Pepa, unterwegs gewesen und ich mit der Ana Mari. Wir hatten ein Kommunionkleid für mich gesucht, und mein Vater war nicht mitgekommen, weil mein Vater von dem Tag an, als ich beschloss, zur Kommunion zu gehen, bis zu dem, als ich es tat, sauer war und vermutlich auch noch die Tage danach, und bestimmt wird er heute noch sauer, wenn er daran denkt. Außerdem wird er bestimmt sauer, wenn er daran denkt, dass ich einige Wochen davor hatte getauft werden müssen und dass natürlich alle geglaubt hatten, mein Bruder, der noch ein Baby war, wäre der Täufling, und dann spazierte ich da plötzlich auf das Taufbecken zu, und die Gemeinde fiel aus allen Wolken.

Der Ana Mari machte es nicht so viel aus, dass ich zur Kommunion ging, denn meiner Großmutter María Solo hätte das gefallen und sie »glaubte an Gott, aber nicht an die Kirche« und »Jesus Christus war eine historische Gestalt und hat den Lauf der Dinge verändert«. Meine Großmutter María Solo hatte meinen Eltern immer Vorhaltungen gemacht, dass sie mich als Heidenkind aufwachsen ließen, und sie war es, die mich zu den Prozessionen in der Karwoche mitnahm, zu denen sie einen Mantel aus Otterfell trug, den ich später, über zehn Jahre nach ihrem Tod, von ihr erbte. Als ich beim Anprobieren die Hand in die Manteltasche schob, stieß ich auf eine angebrochene Packung Röstmais und stellte mir vor, wie sie auf irgendeinem Dorfrummel zu den Kindern, die zum Stand kamen, sagte

»nur gucken, nichts anfassen« oder in ihren letzten Tagen auf dem Weg ins Krankenhaus Maiskörner kaute und das Fell dieser armen Otter verkrümelte.

An dem Morgen, als wir die beiden auf der Plaza de la Constitución trafen, erzählte die Ana Mari der Pepa genau das, dass ich beschlossen hatte, zur Kommunion zu gehen, und mein Vater stinksauer darüber war. Cynthia hatte einen Roller dabei, und ich sagte zu ihr, daheim hätte ich auch einen, und sonst wäre Ontígola nicht so toll, aber zum Rollerfahren besser als Aranjuez, weil es keine Autos gäbe, und ob sie mit zu mir kommen wollte. Es folgte die erste von ungezählten, in über zwanzig Jahren gemeinsam verbrachten Nächten, und als wir bei mir daheim ankamen, eröffnete ich ihr, dass wir am nächsten Tag zur Messe gehen und die Kommunion empfangen würden. Zur Antwort sah sie mich genauso an wie auf dem Sofa von Jaime, nur eben mit Kinderaugen, fragte aber nicht nach, warum ich das tun wollte. Ich fragte ebenfalls nicht, warum sie das tun wollte, als sie bei sich daheim das Video von *Ja zur Liebe* einlegte, der Komödie mit Lina Morgan. Ihre einzige Sorge, so übersetzte ich mir ihren Blick, bestand offenbar darin, dass man uns erwischen könnte, weil Kinder vor ihrer Erstkommunion nicht an der Kommunion teilnehmen durften, also erklärte ich, man werde uns nicht erwischen, Don Gumersindo würde denken, ich sei bei der Erstkommunion gewesen, weil die Kinder aus Ontígola ein Jahr früher zur Kommunion gingen als die aus Aranjuez. Und er erwischte uns nicht.

Zu meiner Erstkommunion lud ich dann von meinen Freundinnen nur Cynthia ein, die, obwohl sie in Reli war, sagte, sie wolle nicht zur Kommunion gehen, das würde zu viel Geld kosten. Der Gottesdienst fand in der Kirche San Antonio gegenüber vom Isla-Park in Aranjuez statt, und das Essen in Ontígola. Wir feierten im El Litri, der Bar, wo die Männer aus dem Dorf, die mit Windhunden jagten, hinterher ein Bier trinken gingen. Sie trugen immer Militärsachen und ließen die toten Hasen auf dem Boden liegen, zwischen Zahnstochern, Servietten und Kippen.

Im El Litri war meistens der Chichi, der Dorftrottel, ein sehr dunkelhäutiger Mann mit fettigem Haar und Ausspracheproblemen, von dem es in Ontígola hieß, dass ihm die Prostituierten, wenn er ins Hurenhaus ging, ein Handtuch als Lätzchen ums Glied banden, weil er ein ganzes Becherglas füllen konnte und selbst das nicht reichte. Außerdem hieß es, er hätte was mit der bärtigen Vanesa gehabt, seinem weiblichen Pendant, und wenn ich sie im Park oder auf dem Dorfplatz sah, fragte ich mich immer, ob sie ihm ein Handtuch als Lätzchen umgebunden hatte, denn ich wusste davon schon sehr früh als Kind. Von klein auf zu wissen, was untenrum beim Chichi los ist und dass er was mit der bärtigen Vanesa hatte, gehört auch dazu, wenn man vom Dorf ist, in einem Ort mit knapp tausend Einwohnern aufwächst – die gute Luft ist nicht alles und dass alle einen grüßen und man mit dem Roller rauskann und erst heimmuss, wenn es dunkel wird.

Außer dem Thekenraum, wo die Jäger die toten Hasen auf dem Boden liegen ließen, gab es im El Litri Nebenzimmer, die mit Bildern von den Vorfahren aus

Ontígola dekoriert waren und wo man an einer Feuerstelle Spanferkel grillen konnte, und dort waren ein paar sehr dunkle Tische mit Papiertischtüchern eingedeckt, und wir feierten meine Kommunion. Cynthia setzte sich zu meinen Cousinen und Cousins, zwischen Pablo und Pedro. Außer Marta und Rubén war keiner von ihnen getauft oder zur Kommunion gegangen, weil sie Simóns waren. Mütterlicherseits war nur mein Cousin David da, Eva und Marina waren noch nicht geboren.

Pablo und María, die Kinder von meiner Tante Ana Rosa und meinem Onkel Pablo, besaßen allerdings die Miniaturausführung eines Pasos, wie sie zur Karwoche durch die Straßen getragen werden, und die stand eine Etage unter ihrer Wohnung bei meinen Großeltern im Hof. Mein Onkel hatte den Paso in seiner Werkstatt gebaut, und dann hatten Pablo und María ihn mit Sprühfarbe verziert. Das Kreuz hatten sie in Neonorange angesprüht, das Tragegestell und den Sockel in Gelb, ebenfalls Neon, und wenn wir uns sonntags bei meinen Großeltern trafen, veranstalteten wir manchmal Prozessionen.

Isabel oder María, damals die Kleinsten von den Cousinen, kletterten auf das Gestell und gaben den Jesus, legten die Arme ans Kreuz und verdrehten die Augen. Mario, Manuel, Alberto und Marta, die zu den Größeren gehörten, fungierten als Träger. Wir anderen nahmen von dem Rebholz zum Feuermachen und gingen als Büßer oder banden für den, der die Trommel schlug, einen Bottich an ein Stück Hanfschnur, und so zogen wir als Prozession vom Hof. Mit Alberto, dem

Sohn der Nachbarin Tere, konnten wir allerdings nicht mithalten, denn der hatte einen Heiligen aus dunklem Holz, edel und lackiert, während unser Aufbau bloß mit Sprühfarbe verziert war. Außerdem stellte er auch nicht María oder Isabel als Jesus ans Kreuz, sondern eine Nenuco-Puppe mit aufgemaltem Blut, und er ging Ackerblumen pflücken und schmückte sein Prozessionsbild mit Margariten und Mohnblumen und mit Stoffresten, die er von seiner Mutter bekam, aber wir taten, was wir konnten. Und auch wenn wir alle Kinder des monotheistischen Atheismus waren, sagte keiner was, weil wir zwar nicht an Gott, aber an die Rituale glauben durften. Und das bedeutet schließlich spielen. Dass man – noch – an die Rituale glaubt.

Jesus war der erste Kommunist

Mein Vater ist Kommunist, weil mein Großvater Kommunist ist, und mein Urgroßvater ist im Exil in Frankreich gestorben, weil er Kommunist war. Dorthin schaffte er es, nachdem er aus dem Gefängnis in Valdenoceda, in der Provinz Burgos, geflohen war, und sein Exil und die Jahre, die mein Großvater bei Radio Comunista, dem Sender der Partei in unserem Dorf verbrachte und unter der Sonne auf dem Feld arbeitete und in den Siebzigern in Deutschland, um seinen sieben Kindern und seiner Frau, meiner Großmutter, Geld zu schicken, und die, in denen er heimlich die *Mundo Obrero* bezog, das Zentralorgan der Kommunistischen Partei Spaniens, haben den Familienzweig der Simóns nachhaltig geprägt. Als er noch kaum sprechen konnte, wiederholte mein Cousin Sergio, der mit Spanien im Stockbett schläft, in einem fort: »Spanien wäre morgen Republik, und wäre es klug, kommunistisch gleich mit.« Ich wage zu behaupten, dass es von jedem und jeder einzelnen von uns Simóns mindestens ein Foto gibt, auf dem wir »das mit der Faust« machen, wie Carolina mit ihren fünf Jahren es nennt, die rechte Faust zu heben, wenn man zu ihr sagt, sie soll die rechte Faust heben.

Als ich klein war, erzählte mir mein Vater oft, dass ihn Don Leonidio in der Grundschule am Montag mit dem Rohrstock schlug, weil er am Sonntag nicht in der Messe gewesen war, und dass er jeden Tag im Hof »Cara al Sol« singen musste. Immer endete es damit, dass er mir vorsang, und dabei verstand ich immer »Roter«, statt »rot«, sodass ich über zwanzig Jahre alt werden musste, bis ich begriff, dass es darin heißt: »Mit dem Gesicht zur Sonne und im neuen Hemd, das rot du gestern bestickest« und nicht: »Mit dem Gesicht zur Sonne und im neuen Hemd, das, Roter, du gestern bestickest«. Von klein auf und über Jahre stellte ich mir beim Hören immer hunderte von politischen Gefangenen wie meinen Urgroßvater dabei vor, wie sie die Joche und Pfeile der Falange auf Hemden stickten, und wenn ich es selbst im Kopf sang – denn durch das viele Vorsingen brachte es mir mein Vater am Ende unfreiwillig bei –, dann sang ich die Stelle falsch.

Zu Beginn der Mittelstufe lernte ich außerdem »Primavera«, eine Hymne der Blauen Division, weil mir María, die Punkerin in meiner Klasse, warum auch immer die Version der Band Estirpe Imperial auf ihrem MP3-Player vorspielte, und das mit dem Engel, der frohgemut und tapfer reitet, gefiel mir gut und dass sie ein Vaterland besangen, das sie im fernen und kalten Russland vermissten, denn in der Pubertät drehte sich eine meiner wiederkehrenden Diskussionen mit meinem Vater um die Frage, wieso wir Arbeiter kein Vaterland haben konnten, worauf er mir immer antwortete, er habe mit einem französischen oder deutschen Briefträger mehr gemeinsam als mit dem Banker Emilio Botín. Auf meine Frage, warum die Kommunisten offenbar nicht, ohne rot zu werden, Spanien sagen konnten, antwortete er nicht direkt oder antwortete mit der ewigen Frage, was Spanien denn sei, und dann sagte ich, Spanien sei eben diese Frage, nichts sei spanischer, als sich zu fragen, was Spanien sei und was wir Spanier seien oder ob es so etwas überhaupt gebe, ob es uns gebe.

In meinen Mittelstufenjahren legte er mir ausgeschnittene Zeitungsartikel ins Zimmer und ich ihm Briefe in seins, in denen es um das ging, was ich »das Castroregime« und er »die kubanische Revolution« nannte. Das mit Fidel und der Falange ließen wir unerwähnt, ebenso die drei Tage Staatstrauer, die in Kuba angeordnet worden waren nach dem Tod Francos. In einer weiteren Auseinandersetzung ging es um etwas, das für mich Nationalsymbole waren, die es umzudeuten galt – »Vaterland oder Tod, das verkündet deine Revolution, Papa« –, und das für ihn »Stofffetzen« waren, »die uns bloß gespalten haben«, denn »wie soll man das umdeuten, wenn dein Urgroßvater von denen ins Exil getrieben worden ist, wenn die sich selbst national genannt und eben diese Fahne geschwenkt haben«.

Jahre später sind wir immer noch dabei, nur bin ich mittlerweile etwas feinfühliger, und zwar weil mein Vater mir erzählt hat, dass er von seinem Lehrer, Don Leonidio, demselben, der ihn montags mit dem Zollstock schlug, als kleines Kind schon in der Vorschule gehört hatte, sein Großvater sei in Frankreich im Exil, weil er sich für die »schlechten Spanier« entschieden habe. Und mein Vater, der doch ein Kind war, glaubte ihm das, und es gibt kein Argument und keine Theorie, die das widerlegen könnten. Aber als ich ihm über WhatsApp das Plakat zur Vorstellung des Buchs *Der Fahnenstreit: die Kommunisten, Spanien und die nationalen Fragen* von Diego Díaz Alonso schickte, bekam ich folgende Antwort:

> [18:09, 1/10/2019] Aa Papa: Iris, dein Urgroßvater hat im Jahr 75 des vorigen Jahrhunderts deinem Großvater einen Brief geschrieben. Darin bedauert er sein Exil außerhalb seines VATERLANDS. Wörtlich so. Ich habe das mit 8 oder 9 gelesen, das hat mir einen Stich versetzt. Mein Großvater, Kommunist, verfolgter Republikaner, der den Krieg ver-

loren hat, spricht vom VATERLAND, vom spanischen! Wir erzählen, wie es war, oder die anderen tun es. Ob ich ein Phantast bin, keine Ahnung, eher ein Skeptiker. Das Phantastische erschafft ihr Schreibenden. Wir anderen denken nicht daran.

Ich empfand das als eine mit Jahren Verspätung gewonnene Schlacht, wenn auch in Nullen und Einsen und nicht in ausgeschnittenen Zeitungsartikeln. Mein Bruder, der auch in dieser WhatsApp-Gruppe ist, äußerte sich nicht dazu. Mit ihm streitet er sich für gewöhnlich über Fragen der Geschichtsschreibung, weil mein Vater historische Romane und Sachbücher von Pedro Insua, Eslava Galán und Roca Barea liest und sagt, der Animationsfilm *Der Weg nach El Dorado*, den er uns gekauft hat, als Javi sechs und ich sechzehn war, würde zur »Leyenda negra« gehören und uns schlecht aussehen lassen, immerhin sei Martín Cortés doch als Sohn der Malinche zum Ritter des Santiagoordens geschlagen worden, also hätten wir wohl nicht alles verkehrt gemacht, die Engländer dagegen, da kannst du mal sehen. Javi lacht und nickt dazu, aber manchmal treibt er es zu weit, wie das eine Mal, als er behauptet hat, das sei kein Völkermord gewesen, die »haben sie arbeiten lassen, und ein paar sind gestorben«, halb im Scherz und mit Anabel, die seine Lebensgefährtin ist und aus der Dominikanischen Republik stammt, an seiner Seite.

Als ich zum ersten Mal meine Stimme abgab, bei der Europawahl 2009, fünf Tage nach meinem achtzehnten Geburtstag und zwei vor der Aufnahmeprüfung für die Uni, trat auch mein Vater zum ersten Mal seine Stimme an meinen Bruder ab. Der war damals acht. Er ist im Jahr 2000 geboren, vier Jahre nachdem meine Mutter die Fehlgeburt hatte und mein Vater mir den Fötus im Glas zeigte, und der Tag seiner Geburt war der glücklichste meines Lebens. Ich war neun, und meine Tante Arantxa, die zweitjüngste Schwester meiner Mutter und als Gruppenleiterin bei den Pfandfindern meine Heldin und der Grund, warum ich Pfadfinderin wurde, war nach Ontígola gekommen, um auf mich aufzupassen, während meine Eltern im Krankenhaus waren.

Auf meinem morgendlichen Weg zum Schulbus tauchte mein Vater im Clio auf, der auf den Lada gefolgt war, als der verschrottet wurde, und sagte, keinen Schritt weiter. Ich würde nicht in die Schule gehen, wir würden ins Krankenhaus 12 de Octubre fahren, damit ich Javi kennenlernte, und da dachte ich, dass Javi in Madrid geboren war und nicht würde lügen müssen wie ich, die ich immer behauptete, ich sei in Madrid geboren, weil ich mich dafür schämte, dass in meinem Ausweis Campo de Criptana stand.

Als ich ihn im Arm hatte, stellte ich fest, dass ihm jede Menge blonde Härchen auf den Ohren wuchsen und er im Bauch von der Ana Mari offenbar Gewichte gestemmt hatte, denn seine Arme waren sehr kräftig. Außerdem stellte ich fest, dass ich niemals jemand mehr lieben würde als ihn, ich nie jemand lieben würde, wie ich Javi liebte, und wie konnte das sein, wo ich doch gerade zum ersten Mal sein Gesicht sah, wir uns eben erst kennenlernten. In den Monaten vor seiner

Geburt war ich sehr nervös und bekam zwei Ausreichend, eines in Sachkunde und eines in Mathe, und ich weinte heftig, und Marcial, der Hausmeister der Schule, tröstete mich, als er das sah, und begleitete mich zum Ausgang, die beiden Arbeiten mit den Ausreichend in der Hand, und gab sie meinem Vater, und ich weinte noch heftiger. Marcial sagte, er solle sich keine Sorgen machen, ich sei nur sehr nervös, weil mein kleiner Bruder auf die Welt kommen würde, was ich ihm gesagt hatte, als er mich fragte, warum ich denn weinte.

Mein Vater nahm Javi oft ins Büro der Partei mit, und dort brachte man ihm bei, Gedichte von Lorca und Hernández und Marcos Ana aufzusagen und »Die Internationale« zu singen und zu sagen, dass es auf der Welt viele arme Kinder gab, für die man kämpfen musste, aber keins davon in Kuba. Er durfte der Concha Carretero, der Rose Nummer vierzehn, die anders als ihre dreizehn Kampfgenossinnen der Erschießung entgangen war, den Blumenstrauß überreichen, als sie in der Parteizentrale der Kommunisten in Aranjuez geehrt wurde, und durfte auch ab einem Alter von acht Jahren, bis er achtzehn wurde und selbst das Wahlrecht bekam, die Stimme für meinen Vater abgeben. Als er das erste Mal in seinem eigenen Namen und nicht in dem meines Vaters wählte, entschied er sich für den linksgrünen Errejón und wurde als Verräter bezichtigt, ebenso wie mit siebzehn, als er sich der anarchistischen Jugend anschloss und uns lachend erklärte, wir sollten uns »abregen«, das sei bloß sein »Vatermord«.

Aber bei seiner ersten Wahl mit acht entschied er

sich, natürlich, für die Kommunistische Partei, denn es handelte sich um eine symbolische Tat: Die vielen Nachmittage im Parteibüro sollten nicht umsonst gewesen sein. Javi nannte alle von der Partei, wie sich das gehörte, Genossen. Der Genosse Rafa, der Genosse René (sehr gutaussehend), der Genosse Gaddafi (eigentlich Ángel, aber er sah aus wie Gaddafi nur ohne Amazonen-Garde), und mir behagte das nicht, auch wenn ich es oft lustig fand. Manchmal warf ich meinem Vater Indoktrinierung vor, aber dann musste ich wieder lachen, weil Javi aussah wie ein Pionier und weil er ab dem dritten Grundschuljahr das Wahlrecht besaß und weil ich letztlich mit meinem Vater einig war: Den Kindern soll man das Beste vermitteln, was man zu bieten hat, und das Beste, was mein Vater in seinen eigenen Augen zu bieten hatte, war Klassenbewusstsein.

Die Ana Mari sagte nie etwas dazu, dass mein Vater Javi eintrichterte, die Vergesellschaftung der Produktionsmittel sei unabdingbar, aber sie war keine Kommunistin. Sie vertrat den Magischen Realismus, weil meine Großmutter María Solo den Magischen Realismus vertrat und meine Urgroßmutter den Magischen Realismus vertreten hatte. Und den gesunden Menschenverstand. Als ich mit ihr in der Badewanne war, sagte die Ana Mari, die mir die wichtigen Sachen immer sagte, wenn ich mit ihr in der Badewanne war, dass mein Vater das Christentum hasste, sei unsinnig, schließlich sei Jesus der erste Kommunist gewesen. Sie, nackt und mir das Haar einseifend, ganz Befreiungstheologin. Manchmal sang sie für mich in der Badewanne »Escuela de calor« oder »Me quedo contigo«, und wenn ich sie fragte, wieso sie Streifen am Bauch hatte, und sie sagte, wegen der Schwangerschaft mit mir, fühlte ich mich schuldig, denn ansonsten war ihr Körper in meinen Augen so schön, dass er diese Streifen nicht verdiente.

Die Ana Mari fand José Bono gut, denn der war über Jahrzehnte für die Mancha das, was Tomás Guitarte heute für Teruel ist, einer, der dafür sorgte, dass man den Landstrich wahrnahm, dass die Kinder in der Mancha Bücher umsonst bekamen und die Alten eine Gesundheitsversorgung, dass es eine Freude war. Als er nach Ontígola kam, um das neue Rathaus einzuweihen, hängte sich die Ana Mari an seinen Arm und machte ein Foto und nannte ihn von da an Pepe, Pepe Bono, als wären sie Freunde geworden.

Wie sie mir erzählte, hatte ihrer Großmutter, meiner Urgroßmutter, Adolfo Suárez gefallen, weil der so gut aussah, aber auch als wieder Demokratie herrschte, hatte sie noch Angst vor Flugzeugen gehabt, denn als Jugendliche musste sie immer, wenn eins auftauchte, zum Friedhof rennen, dem einzigen Ort in ihrem Dorf, der vor den Bomben sicher war. Und auch deshalb gefiel ihr Adolfo Suárez, weil er ihr etwas von ihrer Angst genommen hatte. Ihren Mann, den Großvater meiner Mutter, hatte die republikanische Seite eingesackt, den Bruder ihres Mannes, den Großonkel meiner Mutter, die nationale. Auch das erzählte mir die Ana Mari und sagte, deshalb sei ihre Familie »weder für die einen noch für die anderen«.

Die Ana Mari hatte einen Missionarsonkel, einen

Bruder von meinem Großvater Gregorio, der in Nicaragua an Gelbsucht gestorben war. In Criptana ging das Gerücht, die Eingeborenen hätten ihn gefressen, und sie erzählte immer vom ersten Heiligabend, den sie bei den Simóns verbracht hatte, im Haus der Familie meines Vaters, ich war noch nicht geboren, und mein Onkel Hilario fragte sie, ob es stimmte, dass die Eingeborenen ihn gefressen hatten. Von da an verstanden die beiden sich prächtig, denn sie hat das offenbar bestätigt, und Hilario taufte sie die fliegende Händlerin, weil sie auf Jahrmärkte fuhr und die Tochter von Marktleuten war, eine der Töchter der Bisuteros.

Außer dem Missionar, der gestorben war, hatte die Ana Mari noch einen Onkel, der Priester war, Pepe Luis, und einmal sang ich ihm als Kind ein Lied vor, in dem es heißt, »würden die Pfaffen Flusskiesel essen, dann könnten sie ihre Wampe vergessen«, und mein Onkel José Mari und meine Tante Arantxa lachten, weil das ein Stück von Los Porretas y Evaristo war, das sie mir beigebracht hatten. Meine Großmutter María Solo war außer sich und schimpfte, wie sie einem Kind so etwas beibringen konnten, und bat Pepe Luis um Entschuldigung, der, auch wenn er dem Piaristenorden angehörte, vermutlich keine Flusskiesel aß, denn er hatte einen ziemlichen Bauch, und als ich ihm das Lied vorsang, türmten sich gerade außergewöhnlich viele Garnelenköpfe auf seinem Teller.

Da wir Heiligabend mit den Simóns verbrachten, verbrachten wir Silvester mit der Familie der Ana Mari, den Bisuteros, und bei meiner Großmutter María Solo gab es eine Tradition: Ins Sektglas musste etwas Goldenes, ein Ring oder Ohrring, und erst dann durfte angestoßen und getrunken werden. Außerdem musste man drei Wünsche auf drei Zettel schreiben und sie in einer Schale verbrennen, weshalb ich in der Überzeugung aufwuchs, das würden alle katholischen Familien so machen, meine Großmutter María Solo glaubte nämlich fest an Gott. Außerdem glaubte sie, dass, wer einen Spiegel kaputt macht, sieben Jahre Pech hat, und wenn meine Tanten sie beim Mayonnaisemachen anschauten und ihre Tage hatten, dann gerann die Mayonnaise.

Meine Großmama María Solo erzählte mir immer von einem ihrer Cousins, den man hatte wieder ausgraben müssen – warum man ihn hatte wieder ausgraben müssen, erzählte sie nie, und ich fragte auch nicht nach –, und dem waren die Nägel und Haare gewachsen. Sie erzählte mir von Geistern, Erscheinungen, von unerlösten Seelen, die in Castuera spukten, wo sie geboren war, auch wenn sie jetzt in Criptana wohnte und sich ihr Leben von Jahrmarkt zu Jahrmarkt abspielte. Sie sagte außerdem zu mir, nach ihrem Tod werde sie mir erscheinen, und ich müsse keine Angst haben, sie werde mir nichts tun, aber die Ana Mari würde mir das nicht glauben, »weil die Ana Mari eine Ungläubige ist«, wie sie sagte.

Als mein Bruder Javi fünf war und der Frosch starb, den er von einem Wochenende in Ávila in einer abgeschnittenen Wasserflasche mitgebracht hatte, und er in Tränen ausbrach, sagte meine Mutter, er müsse nicht traurig sein, sie würden ihn beerdigen, damit seine Seele in den Himmel käme (wie Jahre später dieser Junge auf YouTube seinen Wellensittich Chimuelo), und unter Tränen willigte Javi ein.

Da erfand die Ana Mari ein Ritual: Sie nahm den Christus, der bei meinen Großeltern überm Bett gehangen und den sie nach deren Tod geerbt hatte, das Heft von ihrem Missionarsonkel, das sie in der obersten Schublade ihrer Kommode verwahrte, dazu eine getrocknete Rose, die sie im Haus hatte, und legte alles in einer Reihe neben das Aquarium mit dem toten Frosch auf den Esstisch. Dann schob sie eine CD mit »Salve rociera« von Ecos del Rocío in den DVD-Player, und mein Bruder fragte, wer diese Frau war, die so schön sang.

Die Ana Mari antwortete, das sei keine Frau, sondern ein andalusischer Chor, aber Javi zeigte vor sich und sagte: »Nein, die dort, die so schön singt. Die wie eine Nonne angezogen ist, aber ohne das auf dem Kopf.« Und obwohl die Ana Mari niemand sah, wusste sie sofort, dass diese Frau, die so schön sang, ihre Großmutter war, die Mutter von meiner Großmama María Solo, also unsere Urgroßmutter, die in ihren letzten Tagen einen Habit ohne Schleier getragen hatte als Zeichen der Trauer um ihren Mann, unseren Urgroßvater. Weder Javi noch ich hatten sie kennengelernt, und weder Javi noch mir hatte man davon erzählt, dass sie sich in ihren letzten Tagen so kleidete. Dass ihr Adolfo Suárez gefallen hatte, weil er so gut aussah, und von den Bomben und dem Friedhof hatten sie erzählt, aber das nicht.

Als das geschah, hatte die Ana Mari keine Angst, jedenfalls behauptete sie das, als sie es mir erzählte wie das Normalste der Welt, als hätte sie nach langer Zeit einen alten Bekannten getroffen. Und ich habe auch keine, wenn ich, bevor mir etwas Gutes zustößt, von meiner Großmutter María Solo träume. Das ist ihre Art, mir zu erscheinen, im Traum. Immer in den Tagen vor einer guten Neuigkeit. Als die Ana Mari mir von der Beisetzung des Froschs erzählte und dass sich die Frau, die so schön sang, als unsere Urgroßmutter entpuppt hatte, erzählte ich ihr von meinen Träumen. Und sie hat mir geglaubt, Großmama María Solo. Sie hat mir geglaubt.

Vaterland, Sippe, Abstammung

Jahrmarkt

Am besten gefiel mir der Jahrmarkt am Nachmittag. Die Buden machten auf, unter das Klirren der Metallschlösser mischten sich die ersten Ausrufe von dem von der Losbude: »Und noch eine Chuchona-Puppe, die Chuchona soll's sein, hier für Sie die Chuchona.« Den Lappen in der Hand, den Stumpen im Mund, wedelte mein Großvater über die Plastikteeservice und die Puppen und sagte dann mit der Bisonte zwischen den Lippen zu irgendeinem Kind: »Heul halt ein bisschen, komm schon, heul. Wenn du nicht heulst, kaufen sie dir nichts.«

Die Lichter an den Fahrgeschäften gingen an, was gar nicht nötig war, weil die Sonne noch schien, die Auberginenverkäufer aus Almagro stellten ihre Tonkrüge auf, und der mit dem kleinen Wagen aus Torre del Campo, der orangefarbene Flips und Süßigkeiten und Kokosnussstücke verkaufte, schaltete die Sprinkler an, damit das Kokosfleisch nicht austrocknete. Dann spürte ich, stark nach Nenuco duftend, weil meine Großmutter mich mit Nenuco-Öl gekämmt hatte statt mit Wasser, ich spürte, dass ich vom Jahrmarkt war, dass der Jahrmarkt zu mir gehörte und ich zum Jahrmarkt, weil ich wusste, wie er in Gang gesetzt wurde, wie er war, wenn niemand ihn sah. So ist das wohl immer: Um das Gefühl zu haben, dass man zu etwas oder zu jemand gehört, oder etwas oder jemand zu einem, muss man das Getriebe verstehen.

Weil noch wenig los war, durfte ich allein zur Spielburg gehen, meiner Lieblingsattraktion, die eine Art Kletterparcours war mit einem Bällebad an der einen Seite, einer Stange wie bei der Feuerwehr an der anderen und einem Boden aus Plastikmatten, auf dem man sich um diese Zeit manchmal die Fußsohlen verbrannte. Ein bisschen roch es dort immer nach Füßen, weil man die Schuhe ausziehen musste, und in dem Sommer, als ich die mit Plateau bekam, ein Paar Turnschuhe aus blauem Samt mit sehr dicker Sohle, die für mich erwachsen aussahen, schielte ich die kompletten fünfzehn Minuten zwischen dem Betreten der Spielburg und dem Pfiff des Besitzers, nach dem wir hinaus mussten, zu ihnen hin, während ich die Rutschen runterrutschte oder mich in die Seile hängte, nicht dass sie mir jemand klaute. Wenn ich heute über einen Jahrmarkt gehe, halte ich immer nach diesen Spielburgen Ausschau, die inzwischen sinnloser denn je sind, weil es seit Jahrzehnten in jedem Dorf und jeder Stadt solche Spielgeräte gibt, und ich denke, ein Glück, dass die María Solo gestorben ist, ehe sie sich so pilzartig vermehrt haben.

Vielleicht gefiel mir der Jahrmarkt auch deshalb so gut in diesen ersten Stunden am Nachmittag, weil ich immer das Gefühl hatte, ich sei zu spät gekommen, als sich schon erahnen ließ, dass sein Glanz bald erlöschen würde, der Musik Express und der Schunkler bereits Rost ansetzten und die Menschen nicht mehr San Lorenzo oder der Virgen del Rosario oder einem anderen Patronatsfest entgegenfieberten, zu dem sie sich etwas Neues zum Anziehen kaufen und es über den Rummelplatz tragen würden, sondern ihrem Urlaub erst am Mittelmeer und später in irgendeiner europäischen Hauptstadt.

Ich wuchs auf mit Geschichten über einen Jahrmarkt, den es schon nicht mehr gab, über Ortschaften, die den Zirkus und die Wanderzoos mit Jubel begrüßt hatten, genau wie Bombero Torero, eine Truppe von kleinwüchsigen Stierkampfartisten, von denen es ein Foto mit der Ana Mari gibt, das ich als Kind toll fand, weil sie darauf alle rosa angezogen sind. Mein Onkel und meine Tanten mütterlicherseits erzählten mir, dass meine Großmutter María Solo und mein Großvater Gregorio ihnen früher eigene Stände neben dem großen aufgebaut hatten. Die Arantxa verkaufte Slime und die Vanessa, die jüngste Schwester der Ana Mari und meine Lieblingstante, weil sie nur neun Jahre älter ist als ich und damit so etwas wie eine große Schwester, bekam für ihren ein paar Springteufel.

Als die Vanessa noch klein war, setzten mein Onkel José Mari und sein Cousin Juanma sie einmal bei einem Jahrmarkt zum Betteln auf eine Bank, weil der Vanessa ein Unterarm fehlte und fehlt. Sie ist so zur Welt gekommen, aber wenn ein Kind sie fragt, warum ihr der Unterarm fehlt, dann sagt sie, ein Hai hätte ihn abgebissen. Sie wollte nie eine Prothese benutzen, weder als Kind noch als Erwachsene, und deshalb dachten mein Onkel José Mari und der Juanma, dass die Leute ihr, einarmig und klein, wie sie war, mehr Geld geben würden, und ließen sie betteln. Dumm nur für sie, dass Vanessa nicht bloß kein Geld bekam, sondern meine Großmutter María Solo sie erwischte und den beiden den Hintern versohlte und ihnen drohte, wenn sie das noch einmal täten, dann könnten sie die Jahrmärkte vergessen, und sie wisse sich bald nicht mehr zu helfen, eine Strafe seien sie, und allein dafür, dass sie sie ertrage, sei ihr das Himmelreich sicher.

Auf den Jahrmärkten, die ich kennenlernte, gab es schon keine kleinwüchsigen Stierkampfartisten oder Wanderzoos mehr, und ich bekam nicht mal meinen eigenen Stand, weil Kinderarbeit genau wie die Ausbeutung von Tieren oder Auftritte von Komikern mit Achondroplasie schon in den Neunzigern nicht mehr gern gesehen waren. Der Fortschritt brachte neben Kreisverkehren und Reihenhäusern mit Türen aus hellem Holz und Supermärkten, die nicht mehr nach totem Tier rochen, eine Welle an Grausamkeit mit sich, brachte sie nicht in die Welt, aber uns vor Augen, sodass wir plötzlich Opfer sahen, die zuvor nicht gesehen wurden, und selig sind, die da Leid tragen, also Matthäus 5.4.

Nur ein einziges Mal sah ich Tiere auf einem Jahrmarkt, in einer Reitschule mit Ponys, und meine Großmutter verbrachte drei Tage damit, sie zur Siestazeit mit »ach, die Ärmsten, hast du gesehen, und das bei der Hitze« zu bedauern. Die Ana Mari erzählte mir immer von der Tuta, der Tota und der Fátima, drei Schwestern vom Jahrmarkt, mit denen sie befreundet gewesen war und die sogar eine Boa und einen sehr klugen Affen in ihrem Wanderzoo gehabt hatten, und deshalb hatte ich immer das Gefühl, dass ich zu spät auf den Jahrmarkt gekommen war.

Deshalb und weil ich außer den Geschichten von Jahrmärkten, die es nicht mehr gab, meine Großmutter María Solo, als ich klein war, ständig über Geld reden hörte, über »Fallen«, wie sie die Schulden nannte, weil sie aus der Extremadura kam – »aus Castuera, wo eine entweder Hure ist oder Turrón macht, und wir machen Turrón, damit das klar ist«. Dass wir »nichts als Fallen haben«, dass wir »euch, wenn wir sterben, nichts als Fallen hinterlassen«. Kein Tag verging, an dem sie nicht flüsternd oder lautstark über Fallen sprach, sei es mit meinem Großvater Gregorio oder mit ihrer Schwester Toñi, die im Herbst und Winter, wenn sie zu Hause und nicht auf den Jahrmärkten waren, immer am Wochenende auf ein paar Runden Tute oder Cinquillo zu Besuch kam.

Am besten gefiel mir der Jahrmarkt in Criptana, weil Tele Criptana, das Lokalfernsehen, manchmal meinen Großvater Gregorio interviewte, der jedes Jahr das Gleiche sagte, dass der Jahrmarkt eben nicht mehr so war wie früher, weil das Leben selbst mehr und mehr zu einem Jahrmarkt wurde. Letzteres sagte er zwar nicht, aber so war es, denn die Karussells und die Pizzas und die Zuckerwatte und der Konsumrausch und die bunten Lichter und das Kreischen und der Spaß wurden nach und nach zum Regelfall, sodass sein Beruf und seine Bude von zwei auf zehn Metern voller Spielsachen und Modeartikeln stetig weniger Kundschaft und weniger Sinn hatten.

Der Jahrmarkt in Criptana gefiel mir auch deshalb so gut, weil ich meine Cousins und Cousinen von der anderen Familie, den Simóns, dort sah und wir abends Hähnchen bei Liendre aßen oder mittags Churros, und ich bewegte mich dort wie ein Fisch im Wasser, schaute bei der Inés vorbei, die eine Cousine meiner Großmutter war und einen Stand mit Turrón hatte – wir kamen ja aus Castuera, machten aber Turrón –, oder beim Juanma, der einen Hamburger-Stand hatte, oder bei meinem Großonkel Ángel, der Taschen und Gürtel und Schmuck und Spielsachen verkaufte wie meine Großeltern, nur dass sein Stand mehr hermachte. Ich bewegte mich auf dem Jahrmarkt von Criptana wie ein Fisch im Wasser, aber wenn jemand von den Simóns, meine Tante Ana Rosa oder meine Cousine Marta, zu mir sagte, ich käme nach den Bisuteros oder was für eine Marktlerin ich wäre, dann wurde ich sauer. Ich wurde sauer, weil ich darin eine Bezichtigung ahnte, einen Vorwurf, für den ich erst Jahre später einen Begriff fand: Lumpenproletariat. Was sie mir damit sagten oder was mein kindliches Ich glaubte, was sie eigentlich zu ihm sagen wollten, wenn sie es Marktlerin nannten, war, dass ich in der Höhle hauste, wie man es in Criptana über Landstreicher sagt. Und ich, die ich in der Schule verschwieg, dass ich im Sommer von Jahrmarkt zu Jahrmarkt fuhr und in der Bude das Bett mit meiner Großmutter María Solo teilte, weil die aus meiner Klasse nicht denken sollten, wir wären Gitanos oder sonst wie Abschaum, ich wurde sauer, wenn mich jemand Marktlerin nannte, obwohl ich doch auf der Welt nichts lieber sein wollte als das: die Enkelin meiner Großmutter María Solo für den vom Baby, »die Kleine von der Ana Mari« für den vom Autoscooter. Marktlerin, eine kleine Marktlerin.

Trotzdem wurde ich sauer, wenn man mich so nannte, weil ich zu wissen glaubte, was sich dahinter verbarg, und weil wir nicht in Höhlen hausten und keine Landstreicher waren, weder meine Großeltern noch meine Tanten und schon gar nicht mein Onkel José Mari, der gerade mit dem Studium fertig geworden war und jede Menge wusste und ein blaues Sweatshirt hatte von der Universidad Complutense, aber wie hätte ich das der Ana Rosa oder meiner Cousine Marta oder denen aus meiner Klasse erklären sollen. Ich brauchte mehr als zwanzig Jahre, bis ich sagte, dass meine Großeltern auf Jahrmärkte gefahren waren. Normalerweise sagte ich, dass sie Spielsachen verkauft hatten, verschwieg jedoch, wo, verschwieg, dass sie einen Stand von zwei auf zehn Metern gehabt hatten und in eine Waschschüssel pinkelten, wenn der Klowagen auf dem Rummelplatz zu weit entfernt stand, oder dass sie im Herbst und Winter auf Wochenmärkte fuhren, im Frühling auf Wallfahrtsfeste und im Sommer auf Jahrmärkte.

Ich brauchte auch über zwanzig Jahre, bis ich mich nicht mehr dafür schämte, dass die Ana Mari nicht nur Flamenco, sondern auch Flamencopop mag, nicht bloß Lole y Manuel und Triana, sondern auch Parrita und Los Chicos und Chiquetete. Sie sagt, das sei eins der Überbleibsel von den Jahrmärkten, so wie mein Onkel José Mari sagt, dass er wegen ihnen nachts nicht gut schlafen kann, denn auf dem Jahrmarkt schläfst du sowieso nicht gut und nachts schon gar nicht, wegen dem von der Tombola und seinem ewigen *avanti tuti a tuti jorobi* und den letzten Betrunkenen, die zur Unzeit vom Platz wanken. Rumbapop oder Flamencopop legte die Ana Mari auf, wenn wir einen Samstag machten, und wenn sie nicht hinsah, drehte ich leiser, und es gefiel mir zwar sehr, wenn sie mir »Turu turai« von Remedios Amaya vorsang oder »Hola, mi amor« von Junco oder »Del Sur a Cataluña« von den Tijeritas, aber das wollte ich mir nicht eingestehen, denn wie sollte man von denen zu El Último de la Fila kommen, was mein Vater hörte und was mir viel würdiger vorkam, weil es nicht nach Leierkasten klang oder nach T-Shirts voller Rotzflecken.

Mit Camela ging es mir genauso, als meine Freunde damit begannen, die beim Trinken auf der Straße aufzulegen, ich brachte es einfach nicht über mich, mit einem Becher Knebep-Wodka aus dem Supermarkt »Cuando zarpa el amor« mitzugrölen, denn wenn deine Eltern sonntags mit dir ins Theater oder ins Museum Reina Sofia gegangen sind oder wenn sie einfach nicht schon ein Leben lang Camela hören, während sie einen Samstag machen, dann ist es ein Kinderspiel, etwas übrig zu haben für das, was du für die Kultur aus dem Volk hältst, weil du nicht dazugehörst zum Volk, nicht zu diesem jedenfalls, aber wenn zu dir gesagt wurde, dass du in der Höhle haust, weil du irgendwo herkommst, wo ständig Camela läuft und vor allem kaum je etwas anderes, dann ist das halt nicht so lustig.

Jahre später, in den Nullerjahren, ging es mir mit dem Reggaeton genauso. Zum ersten Mal hörte ich Reggaeton beim Stadtfest von Ontígola, und zwar »Papi chulo« von Lorna. Ich trug ein orangefarbenes T-Shirt mit den Powerpuff Girls drauf und besuchte die sechste Klasse, und dieses Lied brannte sich mir ein. »Meine Lorna, du stehst auf das mmm, lecker das mmm, köstlich das mmm.« Weil dieser hämmernde Sound und diese Bässe und dieser Text, als würde man die ganze Zeit durch Vulvapenissud schwimmen, damals noch nicht eine Art musikalisches Esperanto geworden waren.

Was dann kam, wissen wir ja: Nach dem »Lo que pasó, pasó« und dem »Rakatá« und dem »Agárrala, pégala, azotala«, nach dem also, was mein Bruder Javi eines Tages Vintage-Reggaeton nennen sollte, weil es gleichzeitig mit seiner Geburt aus Lateinamerika nach Spanien kam, tauchte der ermächtigte und ermächtigende Reggaeton auf, der Reggaeton als Zeichen für das Erlesene, für die Abwesenheit von Klassismus oder insbesondere Rassismus oder generell allen Zuschreibungen. Bad Bunny wurde zur revolutionären Ikone, weil er sich in einem Video die Fingernägel lackierte und Frauenklamotten trug, denn die Geschichte ist nichts als Geschichtsvergessenheit, und keinem schien aufzufallen, dass das nicht bloß die schon getan hatten, die nach Francos Tod im Namen der Gegenkultur mit dem Madrider Bürgermeister Party machten, sondern dass auch Odin und Achill das schon getan haben und unsere Väter sich allesamt in jungen Jahren bei irgendeinem Karneval oder beim Militär als Frauen verkleidet hatten mit Strumpfhosen, aus denen die Haare ragten und mit zwei Luftballons als Busen. Sich als Frau zu verkleiden war damals noch nicht machohaft. Inzwischen schon, es sei denn, man ist Bad Bunny.

Am Ende bestand die Dekolonisierung darin, dass man sich zum Twerking-Kurs anmeldete, sich Nägel auf die Nägel klebte und Kniebeugen machte, um Hüften zu kriegen. Und am Ende wurde aus dem ungehobelten und vulgären Reggaeton, der in den Dorfschuppen lief, während sich die Leute vom Dorf, die gut ankommen wollten, weigerten, dort hinzugehen, weil dort bloß Reggaeton lief, der heiße Scheiß auf dem Primavera und dem Sónar-Festival und lief auf jeder Afterparty und fand sich als Sprengkeil in Versform im Poesiealbum von jedem, dessen Distinktionsmerkmal es war, die Abwesenheit von Distinktion zu befürworten, keine Vorurteile zu haben, alles großartig zu finden, was aus dem Volk kam, ohne sich damit aufzuhalten, dass *aus dem Volk* auch der Alkoholismus von Minderjährigen, die Schulabbrecherkarrieren und die Wettkaschemmen kommen, nur dass die niemand als plebejische Kultur abfeiert. Und Gott bewahre, natürlich setze ich Bad Bunny nicht mit einer Wettkaschemme gleich, auch wenn beide beim Nolan-Diagramm oben ins Feld gehören, weil der Liberalismus nicht nur etwas Ökonomisches ist, sondern auch ein Söhnchen, das sowas singt wie: »Single sein ist der Hit, also verliebt sie sich nicht«, denn man weiß ja, Lieben ist von vorgestern, und die Revolution wird mit dem Perreo bis runter oder gar nicht gemacht, und ich wüsste zu gern, wie viele Banker guillotiniert worden sind durch diese grundstürzende Tanztechnik, bei der man den Hintern nach unten schwenkt und alle so tun, als würden sie ohne Sinn und Verstand rumbumsen. Plebejisch und aus dem Volk ist allerdings auch einiges, was weder tödlich langweilt noch vermittels großer Musiklabel und Plattformen aus dem Silicon Valley die

Freunde des Volkes vom Hocker reißt. Aus dem Volk und plebejisch sind auch Machado und Hernández und Lorca, und mein Großvater Gregorio rezitierte alle drei, aber daran, wie mein Großvater diese drei Dichter rezitierte, dachte niemand beim Gedanken an die Marktleute und an die Jahrmärkte, und deshalb wurde ich sauer, wenn mich jemand Marktlerin nannte.

Es ist kinderleicht, zu sagen, dass dir Parrita gefällt, und Kreolen zu tragen, die fast so groß sind wie dein Kopf, wenn du nie darauf reduziert worden bist, wenn nie über dich gelacht worden ist, weil du irgendwo herkommst, wo all das die Regel ist und das Stigma und nicht ein ideologisches Statussymbol, eine Absichtserklärung, sieh her, wie wenig klassistisch ich bin, und sieh her, wie großmütig ich all das aufnehme, was ich als aus dem Volk kommend ansehe und worauf ich das Volk reduziere. Es ist kinderleicht, Jarfaiter cool zu finden, wenn er singt: »Jung und krass / leb das Jetzt / Wut zerfetzt / jag sie hoch / die Kiste auf 200«, wenn du in der Mittelstufe nie einen Jarfaiter in der Klasse hattest, wenn du dir nie Sorgen gemacht hast, weil der Rumäne aus deiner Klasse, den du sehr gern hattest und den ich »der Rumäne aus meiner Klasse« nenne und nicht bei seinem Namen, weil er so genannt wurde und im Knast gewesen ist, mit sechzehn ohne Führerschein rumkurvte oder jedes Wochenende einfach mal so eine aufs Maul bekam.

Das Gegenstück zur sich abstrampelnden Mittelklasse, zu uns Hungerleidern, die wir uns weniger als Hungerleider fühlen, weil wir im Stadtzentrum wohnen und unsere Klamotten bei COS kaufen und tropische Pflanzen anstelle von Geranien haben, damit wir weniger provinziell wirken, das Gegenstück ist die Lumpenbourgeoisie, sind die Kinder aus der Mittel- und Oberschicht, die ihre Sommer in Irland verbracht haben, mit dreiunddreißig zwei Masterabschlüsse und eine unfertige Promotion besitzen und ihren ersten Gitano mit sechsundzwanzig aus der Nähe gesehen haben, als sie in der Casa Patas waren, weil ihnen mit *Los Ángeles* von Rosalía der Flamenco zu gefallen anfing, und die dann denen, die im Sozialwohnungsblock aufgewachsen sind, vorwerfen, sie seien Klassisten, wenn sie keinen Reggaeton hören oder darauf beharren, dass der machohaft ist oder den Liberalismus abfeiert, und wenn ihnen Camela nicht gefällt, sie seien elitär, oder sie hätten von nichts eine Ahnung, wenn sie im TV-Format *Sálvame* und seinem Moderator nicht das antifaschistische Bollwerk schlechthin erkennen. Nichts Neues unter der Sonne: Herrschaften, die dem Volk sagen, was das Volk ist.

Das eine, die sich abstrampelnde Mittelklasse, gab es ab den Neunzigern, und zwar getrieben von Krediten, die verdächtig leicht zu kriegen waren. Aber das andere, die Lumpenbourgeoisie, die sich anscheinend nach einem Lehmboden zurücksehnt, auf den sie nie einen Fuß gesetzt hat, die gab es noch nicht und die hatte auch niemand auf dem Zettel. Mein Onkel José Mari hat mir einmal erzählt, als das Quinqui-Kino aufkam, wären sie als Marktleute plötzlich gesehen worden wie diese Gangsterhelden in *El Lute* oder *El Vaquilla*, als Vertreter einer Umverteilung, die sich nicht auf Marx, sondern auf Schusswaffen stützte. Dumm nur, dass die immer bloß im eigenen Viertel eingesetzt werden. Mit der Quinqui-Kultur brachte man die Familie meiner Mutter ab den achtziger Jahren in Verbindung, aber vorher hatte man sie in Criptana – jedenfalls nach Aussage meines Onkels José Mari – für reiche Leute gehalten, weil sie einen Stand voller Spielzeug besaßen und sich nicht kleideten wie alle anderen, denn meine Großmutter María Solo kaufte ihre Anziehsachen anderswo auf den Märkten, während es im Ort dafür nur zwei Geschäfte gab und deshalb alle das Gleiche trugen. Alle außer der Ana Mari und ihren Geschwistern, die die Avantgarde von Criptana darstellten, die Modernen.

Ehe *Navajeros* und *El Pico* in die Kinos kamen, wurde José Mari in der Schule Schnösel genannt, wenn man ihn beleidigen wollte, vermutlich auch, weil man weder bei ihm noch bei meinen Tanten oder bei der Ana Mari stark hört, dass sie aus der Mancha kommen, und in Criptana jeder, der die Wörter mit allen Buchstaben spricht, also »ich gehe schlafen« sagt statt »ich geh schlafe«, und bei dem die Rachenlaute nicht schleifen, bis der Rachen raucht, ein Schnösel ist, wie hätten wir da also in der Höhle hausen sollen?

Wir waren nichts, nichts als Bisuteros, die umherzogen und bloß Fallen hatten, oder jedenfalls sagte das meine Großmutter, eine Familie, die, weil sie nichts besaß, noch nicht einmal Wurzeln oder einen Dialekt besaß, dafür aber ganz Spanien kannte und nicht bloß von der Landkarte, ein fahrender Tross, der sämtliche dialektalen Varianten des Spanischen erkannte und erkennt, denn seit meine Großmutter María Solo, da-

mals neunzehn, und mein Großvater Gregorio, damals vierundzwanzig, einander auf dem Jahrmarkt von Valdepeñas kennenlernten, taten sie nur zweierlei: Kinder haben und Spanien in dem SAVA-Bus bereisen, den sie sich gekauft hatten. Sie begannen die Saison im April mit dem Jahrmarkt in Sevilla und beendeten sie im November mit dem von Balaguer, Provinz Lleida.

Als nach und nach mein Onkel und meine drei Tanten und die Ana Mari geboren wurden, fuhren sie weniger auf Jahrmärkte und mehr auf Wochenmärkte und Wallfahrtsfeste, denn im Sommer konnten sie die Kinder auf die Jahrmärkte mitnehmen, während des Schuljahres aber nicht, und dann mussten sie in Criptana bei Juanjo und der Emilia bleiben, der Schwester und dem Schwager von meinem Großvater Gregorio, die ein Geschäft für Kleidung und Einrichtungsartikel hatten, und gleich daneben ein zweites für Süßwaren. Der Laden hieß eigentlich »El Capricho«, »Die Laune«, bei meinen Cousinen und Cousins väterlicherseits aber »La Bonica«, »Die Hübsche«, weil Emilia einen immer, wenn man bei ihr etwas Süßes kaufte, fragte: »Was möchtest du haben, mein Hübscher?« oder »Was darf's denn sein, meine Hübsche?« Sie war sehr gläubig und eine eifrige Kirchgängerin, und in ihrem Geschäft, das sie inzwischen aus Altersgründen geschlossen hat, gab es einen kleinen Fernseher, in dem oft leise die Messe im Zweiten lief, und außerdem ein Radio, mit dem sie Radio María hörte.

Dass die Emilia einen Süßwarenladen hatte, davon erzählte ich in der Schule und auch, dass sie ihn mir manchmal überließ, wenn sie zur Messe ging, und ich das Geld entgegennahm und Wechselgeld gab, obwohl mein Kopf noch kaum über den Verkaufstisch ragte. Doch bis ich über zwanzig war, erzählte ich nie jemand davon, dass mein Großvater Gregorio als Kind auf den Jahrmärkten mit einem Meerschweinchen begonnen hatte, für das er einen Holzkasten mit verschiedenen Abteilungen baute, sodass die Kundschaft ein paar Kupfermünzen darauf setzen konnte, in welche Abteilung das Tier laufen würde. Natürlich war ein Trick dabei: Er dirigierte das Meerschweinchen mit einem in Käse getunkten Stock, den er hinter der Wand des Kastens bewegte.

Außerdem hatte er als Jugendlicher zusammen mit seinem Bruder Ángel eine Gans, der man Ringe um den Hals werfen musste, und mit der waren sie von Dorf zu Dorf gezogen, aber die Ärmste machte es nicht lange, denn wenn sie viel Futter bekam, war sie so träge, dass sie sich kaum rührte, die Leute immer trafen und kein Geschäft zu machen war, und wenn sie wenig Futter bekam, war sie so schlapp, dass sie sich ebenfalls kaum rührte, die Leute immer trafen und auch kein Geschäft zu machen war. Wenn sie das erzählte, lachte meine Großmutter María Solo immer, und man sah, dass ihr unten die Backenzähne fehlten, und ich dachte, dass ihr die Backenzähne bestimmt wegen der Fallen fehlten und weil sie eine vom Jahrmarkt war, dass sie aber auch so und sogar ohne die Backenzähne unten die schönste Großmutter der Welt war und sie mich außerdem mit Nenuco kämmte statt mit Wasser.

Als ich klein war, dachte ich mir meine Großeltern, dachte ich mir die Bisuteros wie den Puppenspieler aus dem Lied von Joan Manuel Serrat, das mein Vater im Auto, sicher mehr als einmal auf dem Weg von irgendeinem Jahrmarkt, für mich auflegte. Ich dachte mir meine Großeltern, meinen Onkel, die Tanten und die Ana Mari nicht als Leute, die oben am Rand des Dorfs in Höhlen hausten, sondern als eine Sippe, die von Platz zu Platz zog, von Jahrmarkt zu Jahrmarkt, immer heiter, von einem Ort und weiter zum nächsten. Heute denke ich sie mir noch immer so, jedoch auch als die letzten Spuren von einem Spanien, das einmal war und nicht mehr ist. Von einem Spanien, in dem es Wanderzoos gab und kleinwüchsige Stierkampfartisten und in dem Camela tönte, in dem es aber auch Rezitatoren gab wie Waldo, den Freund meines Großvaters Gregorio, der Romanzen und gereimte Coplas vortrug im Teatro Chino de Manolita Chen.

Den Baum hat mein Großvater gepflanzt, und der Schatten ist für mich

»Früher war das hier eine Wüstenei, dann haben sie's bisschen hergerichtet, die Pinien gepflanzt und die Tische aufgestellt. Das war die PSOE. Von deiner Großmutter und mir gibt es ein Foto, bei der Kapelle«, sagte mein Großvater, als wir San Isidro erreichten, eine Wiese außerhalb von Criptana, zu der an jedem 15. Mai zu Ehren des Schutzpatrons der Landwirte eine Wallfahrt stattfindet.

Seit meine Großmutter Mari Cruz gestorben ist, endet für meinen Großvater Vicente alles mit ihr. Jede Bemerkung, jedes Gespräch und jede Erinnerung mündet unweigerlich in María, in »meine María«, wie er sie jetzt nennt, seit sie gestorben ist. Er hat mir erzählt, dass er eine Woche, nachdem wir sie begraben hatten, auf die Idee kam, sich ihre Kommode anzusehen, ein Möbelstück, das ihm bislang ein Rätsel gewesen war, das er niemals geöffnet hatte, weil er keine Neugier oder Notwendigkeit verspürte, »weil darin Sachen von deiner Großmutter waren«, und dort fand er jede Menge Briefe und Postkarten und Strümpfe und einen Rosenkranz. Auf meine Frage, was er mit dem gemacht hatte, antwortete er, er habe ihn weggeworfen, »den Scheiß. Keine Ahnung, warum deine Großmutter den aufgehoben hat, hat ihr wohl jemand geschenkt«. Ich hatte immer den Verdacht, dass meine Großmutter irgendwie an Gott glaubte, aber das ist eine meiner ungestellt gebliebenen Fragen. Als ich einmal an Karfreitag eine zerrissene Hose trug, sagte sie, ich solle mich umziehen, der Herr sei gestorben.

Wir sind nach San Isidro gefahren, um den Baum zu gießen, *den* Baum, der einen bestimmten Artikel trägt, nicht einen unbestimmten, denn mein Großvater hat ihn dort an den Wegrand gepflanzt, und er kümmert sich auch um ihn. Es ist ein Mandelbaum. Einmal in der Woche besteigt er sein kleines Auto, einen blauen Zweisitzer, der sehr viel Lärm macht und in dem immer Radio Olé läuft. Bei meinem Großvater und uns anderen heißt er »das Töfftöff«, und in ihm fährt er den Baum gießen oder ihn schneiden oder die Einfassung herrichten, die er aus Plastikflaschen und Steinen für ihn gebaut hat.

Unterwegs bitte ich ihn, das Radio nicht einzuschalten, weil ich ihm etwas vorspielen will, und auf meinem Handy suche ich bei YouTube den »Romancero de Durruti« von Sánchez Ferlosio und halte ihm, während er fährt, das Gerät ans Ohr, weil er nur noch mittelprächtig hört, ein bisschen taub ist, und er lächelt und trällert das »da kommt Durruti mit einem Brief, in dem steht, wie elend es dem mächtigen Volk wirklich geht«, aber gleich darauf zieht er über die Anarchisten her und über die Anarchie, wie immer, wenn ich ihm solche Lieder vorspiele. Manchmal tut er das auch, ohne dass ich sie ihm vorspiele, wettert gegen die Anarchisten, weil er sich an sie erinnert, »und wie soll das stimmen, was die sagen, das ist doch alles ein Kladderadatsch«, und ich würde ihm am liebsten dieses Meme zeigen, das darauf hinweist, dass etwas, das es nicht gibt, einem auch nichts tun kann, und ihm sagen: »Großvater, Anarchisten gibt es nicht, sie können dir nichts tun.«

Als wir beim Baum ankommen, parkt er am Straßenrand und öffnet den Kofferraum. Heute hat er eine Ballonflasche mit Wasser für den Baum darin, aber als wir klein waren, transportierte er dort manchmal meinen Cousin Pablo oder mich oder meine Cousine María oder die Perucha, eine übellaunige schwarze Promenadenmischung, die er einmal hatte, die ausschließlich auf ihn hörte und ihn immer zur Feldarbeit begleitete. Wenn wir nach seinen Weinbergen sahen oder mit ihm Oliven klauen oder zum Bauernhof von meiner Tante Mari fahren wollten, dann hatten meine Großmutter und er einen Platz in dem Auto, das ja ein Zweisitzer ist, aber sonst niemand, also mussten wir in den Kofferraum, zuweilen zusammen mit einer Hacke oder halb auf den Stiel eines Rechens gespießt oder zusammen mit der Perucha oder manchmal auch mit allem auf einmal.

Während er die Ballonflasche auslädt, frage ich ihn, ob nie jemand etwas gesagt hat, weil er auf eigene Faust diesen Baum gepflanzt hat, ohne Rücksprache mit dem Umweltbeauftragten der Gemeinde oder irgendwem sonst, und er macht große Augen und lacht und meint, nein, wer denn was hätte sagen sollen, weil er einen Baum pflanzt. Mein Großvater lacht immer, wenn er der Logik nicht folgen kann, nach der sich die Realität außerhalb seiner Lebenswelt richtet. Auch schon, wenn er entdeckt, dass es eine Realität außerhalb seiner Lebenswelt gibt. Einmal wehte an einem windigen Tag ein Bodenroller durch seine Straße, und als ich die Pflanze durchs Fenster sah, nannte ich sie so, »Bodenroller«, und er lachte den ganzen Tag darüber und erinnerte sich daran und sagte zu mir, »Hexe« würde das heißen, und murmelte für sich »nicht zu fassen, sagt die echt Bodenroller«, und nahm mich am Arm und schüttelte mich ein bisschen und gab mir schließlich einen Kuss und befand, dass wir in der Stadt von nichts eine Ahnung hätten, wir wüssten ja nicht mal, wie man Wasser warm macht, um das Blag zu baden.

Als wir wieder ins Auto steigen und er mir erklärt hat, dass er den Flaschenhals in die Erde unter dem Baum steckt, damit das Wasser nach und nach einsickert, und dass die Mandelbäume zwischen Januar und März blühen, sagt er zu mir, sollte er mal nicht mehr sein – obwohl er immer ankündigt, dass er nie sterben wird, und wenn er das sagt, denke ich immer, hoffentlich, hoffentlich stirbt er nie, Großväter sollten nie sterben –, sollte er mal nicht mehr sein, sagt er, und ich käme hier mit jemand vorbei, dann könnte ich auf den Baum zeigen und sagen: »Schau, den Baum hat mein Großvater gepflanzt, also ist der Schatten für mich.«

Da muss ich, während ich in den Zweisitzer einsteige, um zurück zu ihm nach Hause zu fahren, und mein Großvater jetzt doch Radio Olé einschaltet, an ein Gedicht von Gabriel Aresti denken, das ich von meinem Freund Gonzalo gelernt habe:

Verteidigen werde ich
das Haus meines Vaters.
Gegen die Wölfe,
gegen die Dürre,
gegen den Wucher,
gegen die Justiz,
verteidigen werde ich
das Haus
meines Vaters.
Verlieren werde ich
das Vieh,
die Felder,
die Pinien;
verlieren
die Zinsen,
die Pacht,
die Erträge,
doch verteidigen werde ich das Haus meines Vaters.
Nehmen wird man mir die Waffen
und mit den Händen verteidige ich
das Haus meines Vaters;
abhacken wird man mir die Hände
und mit den Armen verteidige ich
das Haus meines Vaters;
zurückbleiben werde ich

ohne Arme,
ohne Schultern
und ohne Rumpf,
und mit der Seele verteidigen
das Haus meines Vaters.
Ich werde sterben,
verloren meine Seele,
verloren meine Sippe,
doch das Haus meines Vaters
wird weiter
bestehen.

Ich muss an das Gedicht von Aresti denken, aber das sage ich meinem Großvater nicht, und ebenso wenig bestätige ich, dass ich, selbst wenn er niemals stirbt, sollte das doch einmal geschehen, sollte er doch einmal nicht mehr sein, dass ich dann mit meinen Kindern herkomme, denn die sind gemeint mit »jemand«, auch wenn er das absichtlich nicht sagt, und dass ich ihnen erzählen werde, wer ihn gepflanzt und ihn jede Woche gegossen hat, wer bei jedem Frost an ihn gedacht und bei jeder neuen Blüte gelächelt hat.

Ich erzähle ihm auch nicht, dass ich noch lange über das nachgedacht habe, worüber wir am Vorabend, als wir mit der Ana Rosa und meinem Vater im Esszimmer saßen, gesprochen hatten, bei halb geschlossenen Jalousien und mit einem Stierkampf im Fernsehen, auf den niemand achtete. Wir unterhielten uns über Heiligabend und darüber, dass Olivia schon fast sprechen konnte und Hugo gelernt hatte, Schach zu spielen, als er sagte, dass »Kinder fehlen«. Dass wir Jüngeren, seine Enkelkinder, nicht in einem Rhythmus und in einer Anzahl Kinder bekämen, wie er das für richtig hielte. Dass das Verhältnis, das gewahrt werden solle, nicht mehr gewahrt sei, er habe achtzehn Enkelkinder, aber nur fünf Urenkel.

Mein Vater gab ihm recht darin, dass das Verhältnis nicht gewahrt sei, wandte jedoch ein, die Dinge hätten sich geändert, es sei nicht mehr wie früher, bereits von Großvater Vicentes Kindern habe ja keins wie er sieben Kinder großgezogen, so wenig wie eins von den Enkelkindern so früh schon Kinder bekommen habe wie die eigenen Eltern, und mein Großvater regte sich auf und schüttelte den Kopf und sagte, eben deshalb, weil die Dinge sich geändert hätten, müssten wir mindestens so viel, wenn nicht mehr Kinder haben als früher, schließlich habe er seine acht in einem unfertigen Haus mit Latrine großgezogen und dort nach und nach und, wenn es eben ging, den Boden gelegt, auf dem wir uns heute bewegten.

Irgendwann in der Unterhaltung kam er auf die Renten zu sprechen und fragte meinen Vater und die Ana Rosa, wer ihre denn bezahlen sollte, wenn es immer weniger Kinder gäbe, worauf die Ana Rosa sagte, es gebe jede Menge Einwanderer, viel mehr als früher, und er mit hängendem Kopf meinte, das sei »nicht dasselbe«. Er beendete das Gespräch damit, sein Haus sei immer voller Kinder gewesen und das sei es immer weniger und das könne doch nicht sein, und er hatte recht. Auch damit, dass es »nicht dasselbe« war.

Darüber stritt ich danach mit meinem Vater, als wir zum Rauchen auf den Hof gingen und er behauptete, es sei doch eins wie das andere, Kinder seien Kinder und morgen wären sie Arbeiter und würden Steuern zahlen, und mit ihren Steuern würden die Renten bezahlt werden, und ich sagte, sicher, sie könnten seine Rente bezahlen, aber sie wären nicht seine Enkelkinder, und solange sie seine Rente bezahlten, könnten sie nicht die Rente ihrer eigenen Großeltern zahlen.

Er verstand es vermutlich als *Excusatio non petita*, als ich darauf hinwies, dass die Tere, die Nachbarin meiner Großeltern, die Tere war. Und ihr Sohn Alberto der Sohn von der Tere. Und da die beiden die Tere und der Sohn von der Tere seien, seien sie keine Simóns, und anzuerkennen, dass sie keine Simóns seien, bedeute nicht, sie weniger gern zu haben oder sie weniger zu respektieren, ganz im Gegenteil. Gemeinschaft bedeute immer, dass jemand außen vor bleibe, andernfalls tauge die Gemeinschaft nichts. Und ich beglückwünschte ihn dazu, dass der Internationalismus endlich verwirklicht worden war, wenn auch von den anderen. Frohe kapitalistische Internationale, Papa. Dann verhakten wir uns darin, ob das jetzt Neokolonialismus war oder nicht, wenn wir denen die Arbeitskräfte und die junge Generation raubten und mit ihr die zukünftigen Kinder und die Möglichkeit, die Renten im eigenen Land zu zahlen, denen wir vor ein paar Jahrhunderten das Gold geraubt hatten.

Ich traute mich nicht, ihm zu sagen, das sei nicht dasselbe, natürlich war es das nicht, denn als Hilario starb, nach seiner Beerdigung, war mir klargeworden, dass einer der Gründe, der wesentliche, weshalb ich Kinder haben wollte, nicht darin bestand, dass ich selbst Mutter werden, sondern dass ich meinen Vater zum Großvater und meinen Großvater zum Urgroßvater machen wollte. Dass ich ein Geschlecht fortführen, etwas von dem zurückgeben wollte, was ich von ihm bekommen hatte, das Leben und die Liebe. Ich meinen Kindern die Geschichten erzählen wollte von der Schwester und vom Bruder, wie Hilario sie mir erzählt hatte, und ich ihnen von ihm erzählen wollte, von seinen Trockengrashänden und seinen kleinen Reimen.

Dass ich mit ihnen zum Singen in den Mai gehen wollte und sie sich die Knie aufschlagen sollten im selben Hof, in dem ich sie mir als Kind aufgeschlagen hatte, der auch derselbe war, in dem mein Vater sie sich aufgeschlagen hatte und alle seine Geschwister, meine Tanten und Onkel, und in dem meine Großmutter ihre ersten Schritte getan hatte. Ich ihnen bei-

bringen wollte, dass man sich von der Caldereta aus dem Kessel nimmt und dann zwei Schritte zurücktritt, und ich mit ihnen zur Kapelle San Isidro fahren wollte, ihnen unterwegs den Mandelbaum zeigen und sagen wollte, dass den mein Großvater, ihr Urgroßvater, gepflanzt hat. Dass sein Schatten also für uns ist.

Das Männliche

Der verwundete Riese am Bahnhof von Alcázar de San Juan

Das Erste, was ich aus dem Mund meines Vaters hörte, war: »Aber, Ana Mari, wie hässlich sie ist.« Das weiß ich, weil es mir erzählt wurde, sehr oft erzählt, aber gesagt hat er es, als er mich zum ersten Mal sah, gleich nach der Geburt. Ebenfalls aus Erzählungen weiß ich, dass ich drei Tage ohne Namen blieb, weil mein Vater und die Ana Mari sich nicht entscheiden konnten. Er wollte mich África nennen, aber die Ana Mari war dagegen, weil es sie an »Armut und Elend« erinnerte und sie außerdem nie in Afrika gewesen waren. Laura kam in die engere Wahl, und meine Großmutter María Solo erzählte allen ihren Marktfreundinnen, sie hätte eine Enkelin bekommen, ihre erste, und sie würde Laura heißen, und als sie dann erfuhr, ich würde doch nicht Laura heißen, traf sie das hart, weil sie es vor allen ihren Marktfreundinnen widerrufen musste.

Angeregt vom Namen der Tochter von Ginés vom Baby, die Inairis hieß, einigten sie sich schließlich auf

Ana Iris und verbanden in einer freien Adaption den ersten Vornamen meiner Mutter mit dem der Götterbotin aus der *Ilias*. In der offiziellen Geschichte meiner Eltern kommt die Inairis vom Baby allerdings nicht vor. Mein Vater denkt und erzählt sich selbst und mir lieber, dass ich Ana heiße wegen meiner Mutter und Iris, weil wir eine »Postfamilie« waren und sind, denn die beiden sind ja Briefträger. Deshalb oder weil ihm das Lied »Salve Marinera« so gut gefallen habe, in dem es heißt: »Salve, estrella de los mares, de los mares iris, eterna ventura«, »Salve, Stern der Meere, der Meere Glitzern, ewig Geschick«. Nach Lust und Laune erzählt er mal die eine, mal die andere Version der Geschichte über meinen Namen und stört sich nicht daran, dass sie einander widersprechen, denn entweder stimmt das eine oder das andere, und ich habe die Wahrheit ja immer gewusst, dass ich nämlich Ana Iris heiße wegen der Tochter von Ginés vom Baby, aber wen schert schon die Wahrheit.

»Salve Marinera« gefällt meinem Vater so gut, weil es eine Hymne der Marine ist und er seinen Militärdienst bei der Marineinfanterie geleistet hat, und ich vermute, auch das hat er ein bisschen wegen des Erzählens getan, damit er eine Geschichte zu erzählen hat, denn warum bitte sollte einer aus der Mancha, der in seinem Leben keine größere Wasserfläche als die Lagunas de Ruidera gesehen hat, etwas über Achtknoten und amphibische Kriegsführung lernen. Oder er wollte den Trottel geben. Das war seine Antwort, als ich ihn fragte, warum er nur die schwarze Plastikuhr vom Bord über dem Fernseher hatte haben wollen, als er sich von der Ana Mari trennte. Ich weiß das nicht von ihm, sondern aus den Scheidungsunterlagen, die ich mit vierzehn auf dem Ikearegal fand, das wir ein paar Monate nach ihrer Trennung und dem Verkauf des Hauses für seine neue Wohnung besorgt hatten. Aus denen ging hervor, dass die Ana Mari sämtliche Einrichtungsgegenstände bekommen sollte mit Ausnahme der »schwarzen Plastikuhr, die auf dem Bord über dem Fernseher steht«, und als ich ihn fragte, warum er nur diese Uhr, die ja noch dazu aus Plastik war, hatte haben wollen, dachte ich, er würde mir eine symbolträchtige Geschichte erzählen, von der ich bisher nichts ahnte, aber stattdessen sagte er: »Um den Trottel zu geben.«

In diesen Tagen, in denen meine Eltern sich trennten und wir zu Ikea fahren mussten, um seine neue Wohnung an der Plaza de la Libertad in Ontígola einzurichten, entdeckte ich meinen Vater mehr denn je als das, was er auch schon vor meiner Geburt gewesen war: ein Vater. Und ich entdeckte das, weil er, als Javi so sehr weinte und nicht in den Kindergarten wollte, beschloss, ihn herauszunehmen, er ihn nicht weinen lassen und einfach zur Arbeit gehen konnte und sich dann monatelang um ihn kümmerte und ihm auf der Terrasse *Der kleine Prinz* und etwas aus dem Leben des Velázquez vorlas und ihm Frühstück machte und Mittagessen und Abendessen und ihm Klimbim erzählte, wie Javi das nannte, wenn mein Vater ihm einen Bären aufbinden wollte, er solle »keinen Klimbim erzählen«.

Die Ana Mari sagte immer, die Simóns, die Familie meines Vaters, »hätten es mit den Kindern«, sie seien sehr kinderlieb, und das stimmt. Nichts wird von einem Simón so sehr behütet und bewundert wie ein kleines Kind, deshalb sage ich, dass mein Vater sogar vor meiner Geburt schon Vater war. Neulich fragte ich ihn, warum er mich wollte und warum er Javi wollte, warum er Kinder hatte haben wollen, und er antwortete, er hätte unmöglich keine haben wollen. Er habe das immer als seine einzige Aufgabe angesehen, Vater zu sein, und das sei vielleicht egoistisch, das wisse er nicht (»vielleicht ist das egoistisch, was weiß ich«, sagte er), aber er habe auch gewusst, dass er das am besten hinkriegen würde, er dadurch wirklich er selbst wäre. Und obwohl ich meinen Vater ja nicht gekannt habe, bevor er Vater wurde, und obwohl oder eben weil ich glaube, dass er es vor meiner Geburt bereits war, bin ich mir sicher, dass er recht hat. Die Ana Mari habe ich viele Jahre nicht Mama genannt, aber meinen Vater habe ich nie mit seinem Vornamen angesprochen. Niemals. Ich habe immer Papa gesagt, für gewöhnlich mit einem sehr langen »a« am Ende: »Papaa, knet mir den Bauch, der tut weh. Papaa, fahr mich nach Aranjuez, ich bin verabredet. Papaa, warum glauben wir weiter an die Demokratie? Papaa, erzähl mir nochmal die Geschichte von Patatín und Patatón.«

Das mit Patatín und Patatón war eine Geschichte, die sich mein Vater für mich ausgedacht hatte, und sie handelte von zwei Kartoffeln, die zum Baden an den See gingen und ihre Sachen am Ufer zurückließen. Wie sie da im Wasser herumplantschten, tauchten Messer und Gabel auf und lachten laut und tönten, die beiden würden sterben, sie würden sie kleinschneiden und essen. Doch da erschien die Perucha, die übellaunige Hündin meines Großvaters, schnappte sich Messer und Gabel mit der Schnauze und warf sie in den See, überhörte dabei ihr Jammern und Flehen: »Perucha, nicht, bitte, wirf uns nicht ins Wasser, wir rosten«, und rettete so Patatín und Patatón. Später bekamen wir Roly, der wie die Perucha eine Promenadenmischung war, aber netter, und von da an wurden Patatín und Patatón von der Perucha und vom Roly gerettet.

Der Roly war ein Sohn von der Cosca, der Hündin meiner Großmutter María Solo. Er war weiß mit einem schwarzen Fleck ums Auge und, seit er zwei oder drei war, auf einem Auge blind, weil er auf eine Herde zugelaufen war, der Hirte, der glaubte, er wolle die Schafe angreifen, einen Stein nach ihm geworfen und ihn unglücklich am Auge getroffen hatte. Das jedenfalls erzählte mir mein Vater, gesehen hat es keiner von uns. Weil wir mit dem Roly nämlich nicht rausgingen, das tat er allein. Neben unserem Haus, dem Reihenhaus in der Calle Flores, gab es eine Brache, und wir machten ihm die Tür auf, er drehte dort eine Runde und kam nach einer Weile wieder. Manchmal, wenn ich ihn nicht im Hof vorfand und meinen Vater nach ihm fragte, sagte er, er habe ihm einen Euro gegeben und ihn zum Brotholen geschickt.

Der Roly fing nicht zu winseln an, wenn jemand beim Ligafinale Böller warf, und er hatte weder ein Bett noch ein Deckchen. Er schlief im Hof und blieb immer im Hof, kam nie ins Haus, weil er ein Hund war und kein Haustier. Hinter dem Beet und dem Mandelbaum, den mein Vater gepflanzt hatte, baute er ihm aus Backsteinen und Zement eine Hütte. Oben über die Tür schrieb er ROLY in den noch feuchten Zement. Und es war nicht die schönste Hundehütte der Welt, aber die Hütte vom Roly.

Außer einem weitläufigen Hof, in dem ich einen Sommer lang Winden zog, weil die rasend schnell wuchsen und jede Menge Samen trugen, bis mein Vater irgendwann sagte, es reiche mal mit den Winden, und sie mir ausriss, weil sie auch nicht schön waren, gab es am Haus in der Calle Flores einen kleinen Vorgarten. Dort pflanzte er eine Rebe und Löwenmäulchen, und einmal steckte er versuchsweise Tulpenzwiebeln, aus denen aber nichts wurde. An der Ecke, dicht an der Mauer zum Nachbarhaus häufte er Steine auf, um den Sicherungskasten zu verdecken. »Ein kleiner Majano«, sagte er dazu, das sind diese Sammelstellen, durch die in der Mancha die Äcker von Steinen befreit werden, »ein kleiner Majano«, sagte er und brachte die Ana Mari damit sehr zum Lachen.

Weniger brachte er sie zum Lachen, als wir einmal einen entwickelten Film abholten und sie sah, dass auf den meisten der vierundzwanzig Fotos »der kleine Majano« und die Rebe aus unterschiedlichen Winkeln und Perspektiven zu sehen waren, und sie wollte von meinem Vater wissen, warum er vierundzwanzig Fotos an einen Haufen Steine und eine Rebe verschwendet hatte, und er wusste darauf nichts zu antworten oder wollte nicht, aber wahrscheinlich wäre die Antwort die gleiche gewesen wie bei der schwarzen Plastikuhr und der Grund derselbe, aus dem er sich beim Militär für die Marineinfanterie entschieden hatte, obwohl er aus diesem Ozean aus Trockengras stammt, der die Mancha ist. Um den Trottel zu geben.

Als ich elf oder zwölf war und Javi noch ein Baby, fuhr unser Vater einmal mit uns an einem Wochenende, das wir in Criptana verbrachten, mit dem Clio hinauf nach La Virgen, wo er und die Ana Mari geheiratet hatten. Umgeben von einer Mauer steht dort eine der Schutzpatronin von Criptana geweihte Kapelle auf einer kleinen Anhöhe im Nirgendwo. Von dort kann man, das jedenfalls sagt mein Vater, nach jeder Seite hundert Kilometer weit sehen.

Javi saß hinten im Maxi-Cosi und ich vorne auf dem Beifahrersitz, und als wir das Auto abgestellt hatten, nahm mein Vater ihn auf den Arm, und wir gingen die Votivgaben anschauen, die die Leute der Jungfrau darbrachten. Es waren Hände und Brüste und diese L-Schilder aus der Fahrschule dabei, und mein Vater erklärte mir, was eine Votivgabe ist. Danach schauten wir auf einer Seite hinunter, und er sagte: »Das dort, das ist Tomelloso«, und er zeigte auf einen Punkt, und dann zeigte er auf einen anderen und sagte, das sei Alcázar, und ganz am Ende sagte er nach einer Pause: »Iris, das ist die Mancha.« Es war sehr sonnig und sehr windig, und es sah aus, als würden der Himmel und die orangefarbene Ebene kein Ende nehmen, und, ja, das war die Mancha.

Das war der Tag, an dem mir auffiel, dass mein Vater in den Erzählungen lebte, in den Geschichten, die er mir erzählte, aber vor allen in denen, die er sich selbst erzählte, und das obwohl er mir an diesem Tag etwas erzählte, was gestimmt hat, denn das war ja die Mancha. Aber selbst wenn es erfunden war, stimmte das, was mein Vater erzählte, immer irgendwie. Außerdem fiel mir langsam am Verhalten meines Vaters und meiner Freunde in der Schule auf, dass die Jungs, die Männer, ihre Fähigkeit zu spielen nicht einbüßen. Wir dagegen hörten in der Mittelstufe auf mit dem Völkerball- und dem Basketballspielen und meldeten uns zum Tanzen an und verabredeten uns, um SMS zu schreiben und Freundschaftsanfragen an die Jungs zu schicken, die uns gefielen und die weiter Fußball und Handball spielten, und später, mit fast dreißig, treffen wir uns zum Kaffee oder auf ein Bier, während sie nicht nur weiterhin Fortnite spielen, sondern sich auch darüber aufregen, wenn einer immer noch nicht kapiert hat, wie man baut, was zu den Sachen gehört, die man bei Fortnite tun muss, und wenn wir mal sechzig sind, setzen wir uns wahrscheinlich abends mit unserem Plastikstuhl mit Werbeaufdruck zum Schwatzen nach draußen an die frische Luft, und sie spielen Domino oder Brisca oder womöglich weiterhin Fortnite. Wenn wir Frauen die Pubertät hinter uns haben, erlauben wir uns das Spielen nicht mehr, wir verlernen es. Die Männer nicht, und das ist einer der Gründe, weshalb sie mir gefallen.

Die Ana Mari wurde manchmal böse, wenn mein Vater mit mir spielte und es dabei übertrieb, wie das eine Mal, als wir im Auto unterwegs waren und er die falsche Ausfahrt nahm und ich sehr erschrak, weil ich glaubte, wir hätten uns verirrt, und mein Vater zu mir sagte, ja, wir hätten uns verirrt, und jetzt würden wir, statt nach Criptana, nach Cuenca kommen und wo wir da bloß übernachten sollten, und ich fing zu weinen an, weil wir in Cuenca kein Zuhause hatten und ich mir vorstellte, wie wir im Auto schlafen müssten, und es aus Kübeln schüttete und donnerte. Die Ana Mari wurde manchmal böse mit meinem Vater, wenn er mir etwas vormachte, aber auch, wenn er mir sagte, was in seinen Augen die Wahrheit war, etwa, dass meine Freundin Sarita, die an Leukämie gestorben war, nicht im Himmel bei den Engeln war, sondern unter der Erde. Oder als er mir mein Geschwisterchen im Glas zeigte.

Ich glaube, ich habe von ihm schreiben gelernt, von ihm und wegen ihm. Oder vielleicht nicht schreiben, aber jedenfalls beobachten. In der zweiten Klasse, als ich sieben war und auf die Vicente Aleixandre ging, verirrte sich einmal eine Maus in unser Klassenzimmer. Wir hatten gerade Englisch, und plötzlich flitzte sie durch den Raum, und wir fingen alle an zu kreischen und sprangen von unseren Stühlen auf, selbst Isabel, unsere Lehrerin, die sogar auf ein Pult kletterte. Als Marcial, der Hausmeister, die Maus schließlich nach draußen bugsiert hatte, war schon Spanisch an der Reihe, und Rosa, bei der wir außerdem Mathe und Sachkunde hatten, stellte uns die Hausaufgabe, einen Aufsatz über dieses Ereignis zu schreiben.

Als ich nach Hause kam und meinem Vater sehr aufgeregt und wild gestikulierend davon erzählte, dass wir eine Maus im Klassenzimmer gehabt hatten und einen Aufsatz darüber schreiben sollten, sagte er, wenn wir uns so sehr erschreckt hätten, sollte ich mir mal vorstellen, welche Panik die Maus erst gehabt haben musste, als sie sah, dass zwanzig Menschenwesen, darunter eine Englischlehrerin, von ihren Stühlen aufsprangen. Da ging ich hoch in mein Zimmer, und auch wenn ich zunächst etwas zögerte, weil Rosa doch gesagt hatte, wir sollten aufschreiben, wie das für uns gewesen war und nicht für die Maus, begann ich, die Geschichte aus ihrem Blickwinkel zu erzählen, aus der Nagetierperspektive. Am nächsten Tag las ich sie im Unterricht vor, bekam Applaus von meiner Klasse und gewann ein Vox-Wörterbuch mit orangefarbenem Einband und einem Schuber, denn Rosa hatte uns zwar nichts davon gesagt, aber es gab einen Preis. Als ich am Nachmittag nach Hause kam und meinem Vater, wieder sehr aufgeregt und wild gestikulierend, erzählte, dass ich Applaus bekommen und ein Vox-Wörterbuch und einen Schuber gewonnen hatte, sagte er, das sei toll, aber ich solle mir nichts darauf einbilden.

Jahre später würde ich an die Universität gehen und fünf Jahre lang Journalismus studieren, ohne dass mir je irgendwer etwas Wichtigeres beibringen würde als das, was mir mein Vater im zweiten Grundschuljahr beigebracht hatte: dass man beim Schreiben, beim Beobachten immer die Maus sein muss und man sich auf nichts etwas einbilden sollte. Und dass man für beides Mut braucht.

Mit achtzehn, in meinem ersten Studienjahr, erzählte ich meinem Vater eine Geschichte, einen Klimbim, wie Javi das nannte. Auch wenn ich vorher schon viel für ihn geschrieben hatte, Artikel für einen einzigen Leser (ihn), die ich ihm aufs Bett legte, immer politischer Art und für gewöhnlich, um seiner Weltanschauung zu widersprechen und das schriftlich festzuhalten – er legte mir im Gegenzug ausgeschnittene und unterstrichene Artikel des Antifranquisten Haro Tecglen auf den Schreibtisch –, schrieb ich dieses Mal über uns und über die Monarchfalter.

Auf ihrer Wanderung legen Monarchfalter jedes Jahr fünftausend Kilometer zurück. Die Falter, die zum Ende des Sommers oder Beginn des Herbstes schlüpfen, begeben sich auf diese Wanderung, aber an ihrem Zielort leben und sterben bis zur Wanderung im Folgejahr mehrere Generationen. Erst ihre Ururenkel wandern wieder zurück, Monarchururenkel, die auf unerfindliche Weise den Weg kennen, die gleiche Strecke zurücklegen wie ihre Vorfahren und bisweilen sogar wieder auf demselben Baum landen. Was ich meinem Vater mit diesem Brief sagen wollte, war, dass ich mich dazu entschieden hatte, an die Universität zu gehen und zu lernen, wie man Geschichten erzählt, weil er mein Vater war, weil er mir schon beigebracht hatte, wie man erzählt. »Andere Welten gibt es nicht, es gibt aber andere Augen«, heißt es in einem Stück von El Último de la Fila, das er mir im Lada auf dem Weg nach Criptana vorspielte, und darin besteht Schreiben, und in keiner Journalistenschule wird einem dieses Stück von El Último de la Fila vorgespielt, und deshalb bringt einem auch keine wirklich viel.

Mit zwölf hatte ich, um auf die Kapelle auf dem Virgen-Hügel zurückzukommen, die erste Erkenntnis über meinen Vater: Ich begriff, dass er in den Erzählungen lebte, in seinen Geschichten. Als ich ihm diesen Brief gab, den Brief über die Monarchfalter, hatte ich die zweite: Ich war erwachsen geworden. Es war ein Initiationsritus, implizit gestand ich ihm damit, dass ich ihn durchschaut hatte. Dass ich wusste, er lebte in den Geschichten, und dass in ihnen, von ihnen zu leben zum Wichtigsten gehörte, was er mir je beigebracht hatte. Die dritte Erkenntnis ereilte mich zehn Jahre später, mit achtundzwanzig.

Nach einem Wochenende in Criptana befanden sich mein Bruder, mein Vater und ich am Bahnhof von Alcázar de San Juan, um den Zug zurück nach Aranjuez zu nehmen. Wir hatten uns keine Fahrkarten im Netz gekauft, und der Zug war voll, also würde uns nichts anderes übrigbleiben, als trotzdem einzusteigen, im Stehen zu fahren und bei einer Kontrolle den Fahrpreis nachzuzahlen, zusammen mit dem Bußgeld, weil wir in einen bereits vollen Zug eingestiegen waren. Aber dafür brauchten wir Bares, denn die Kontrolleure haben nie einen Kartenleser dabei, und von uns hatte keiner was einstecken außer Karten, also mussten wir zum Bankautomaten.

Gleich als wir aus dem Bahnhof kamen, sahen wir einen Riesen. Er trug ein weißes Hemd und eine Anzughose, und weil wir alle drei so klein sind, obendrein neben einem Riesen, sahen wir sofort, dass eins seiner Hosenbeine vom Knie abwärts getränkt war mit Blut. Der Stoff, eigentlich grau, war schon ganz schwarz und klebte ihm am Fleisch. Er hinterließ eine rote Spur auf dem Boden, schien das aber nicht zu sehen. Er starrte verloren geradeaus. Wir drei sahen einander an, und ohne ein Wort zu uns trat mein Vater auf den Riesen zu und fragte ihn, ob alles in Ordnung sei, er blute sehr stark am Bein, und der Riese musste erst den Blick senken, bis er den meines Vaters fand, und senkte ihn dann in einer langsamen und schwerfälligen Bewegung bis hinab auf sein Bein. Ohne Erstaunen antwortete er, das habe er nicht bemerkt, worauf mein Vater sagte, man müsse einen Krankenwagen rufen, vielleicht im Zweifel darüber, ob der Riese in einen herkömmlichen Krankenwagen passen würde. Da kamen zwei Bahnarbeiter aus dem Bahnhof und riefen im Krankenhaus an, sodass wir unseren Weg zum Bankautomaten fortsetzten. Javi fiel auf, dass wir seiner, der Spur des Riesen folgten: Überall Blut auf der Straße. Mein Vater mutmaßte, was ihm passiert sein mochte, und murmelte auf den gesamten fünfhundert Metern zwischen Bahnhof und Geldautomat: »Wie kann er das nicht gemerkt haben, so wie das gesprudelt ist.« Auf dem Hin- und dem Rückweg.

Gleichzeitig mit dem Krankenwagen, der den Riesen dann mitnahm, trafen wir mit unserem abgehobenen Geld wieder beim Bahnhof ein, wo der Riese, noch immer blutend, auf einer Bank saß und weiter verloren geradeaus starrte in derselben Haltung eines besiegten Kolosses, in der wir ihn zurückgelassen hatten. Als der Wagen abfuhr, schüttete der vom Bahnhofslokal einen Eimer Seifenwasser auf den Boden und begann zu schrubben und begann außerdem, uns zu erzählen, dass der Riese Profibasketballer gewesen war, und scherzte, er müsse das sofort sauber machen, nicht dass es noch Dracula anlockte. Dann näherten sich die beiden Bahnarbeiter dem Lokal und fragten eine Frau, die gerade eintraf: »Und wolltest du nicht was *rausfin-*

den?«, weil sie offenbar gegangen war, um sich umzuhören, und die beiden hofften, die Antwort auf ihre vorwurfsvolle Frage wäre ein Ja.

Weil der Zug voll war und wir uns nicht setzen konnten, blieben wir vor der Toilette stehen und spekulierten dort weiter darüber, was geschehen war. Als ich zu Hause ankam, schickte mein Vater über unsere WhatsApp-Gruppe an Javi und mich eine Nachricht, dass er uns sehr liebhabe und ob wir ihm bitte die Geschichte von dem Riesen schreiben könnten, ihm erzählen, was passiert war, bevor wir ihn gesehen hatten, wie er, das blutende Bein nachziehend und mit verlorenem Blick, auf den Bahnhof zukam, und was, nachdem man ihn unter Mühen auf die Trage gewuchtet hatte, weil er so schwer war – zwei Menschen tragen nicht so leicht einen Riesen –, und der Krankenwagen losgefahren war.

An diesem Abend machte er uns, Javi und mich, zu Erwachsenen, machte uns zu einem Mann und einer Frau, Javi mit achtzehn und mich mit achtundzwanzig. Er enthüllte uns die Wahrheit, offenbarte uns, dass er in den Geschichten lebte und dass er das tat, weil er es unmöglich nicht tun konnte, so wie er unmöglich nicht hätte Vater sein können und es deshalb schon vor meiner und natürlich vor Javis Geburt gewesen war.

An diesem Tag, an dem wir den Riesen mit dem blutenden Bein vor dem Eingang zum Bahnhof von Alcázar sahen, erzählte uns mein Vater nicht nur die Wahrheit, er eröffnete uns auch, was unsere Aufgabe war. Bis dahin war er dafür zuständig gewesen, uns zu erzählen, was und wie alles war. Er hatte sich darum gekümmert, die Wirklichkeit, unsere Wirklichkeit, zu ordnen, sie sich auszudenken oder eher, sie uns zu erklären. Jetzt waren wir an der Reihe, das für ihn zu tun. Der Moment war gekommen. Wir hatten aufgehört, Kinder zu sein. Meine Großmutter Mari Cruz, seine Mutter, war zwei Tage zuvor gestorben. Deshalb hatten wir das Wochenende in der Mancha verbracht, und deshalb waren wir an diesem Sonntag, wie der verwundete Riese, dort vor dem Eingang zum Bahnhof von Alcázar de San Juan.*

* Papa, wenn du sie lesen möchtest, findest du die Geschichte vom Riesen am Ende des Buchs.

Jede Frau liebt einen Faschisten

Bevor sie sich trennten, ich war zu der Zeit elf, gingen mein Vater und die Ana Mari zur Paartherapie. Davon wusste ich damals nichts, ich erfuhr es ein Jahrzehnt später und durch Zufall, als die Ana Mari sagte, an ihrer Scheidung seien Clint Eastwood und Fidel Castro schuld, und ich, natürlich, eine Erklärung für diese Schlagzeile wollte. Da lachte sie und erzählte mir, im Versuch, die Scheidung zu vermeiden – was nicht gelang, die Scheidung fand ja dann statt –, seien sie zur Paartherapie gegangen, und in der Paartherapie habe man ihnen zu einer Übung geraten, die darin bestand, auf kleine Zettel Dinge zu schreiben, von denen sie sich wünschten, dass der andere sie tat, die Zettel dann in einen Topf zu werfen, jeden Tag einen zu ziehen und sich zu bemühen, das zu erfüllen, was auf dem an einen selbst gerichteten Zettel stand.

Auf einem, den mein Vater für die Ana Mari hineingeworfen hatte, stand, sie solle wenigstens eine gute Sache an Fidel Castro finden. Auf einem anderen, sie solle einen Film mit Clint Eastwood anschauen, ohne zu maulen. Die Ana Mari warf nach eigenem Bekunden Aktivitäten in den Topf, die viel rühmlicher waren, etwa, er solle mit ihr und meinem Bruder, der noch ein Baby war, einen Spaziergang in den Gärten von Aranjuez machen, diesen Gärten, die Komponisten wie Joaquín Rodrigo und Dichter wie Valle-Inclán inspiriert hatten, »und deinem Vater fällt nichts Besseres ein als das mit Fidel und zum x-ten Mal die glorreichen Halunken«. Da war ich es dann, die lachte, und ich sagte, naja, einen Spaziergang durch die Gärten von Aranjuez, den könne man ja mit jedem machen, aber dass jemand verstehen würde, dass die kubanische Revolution, wie Galeano geschrieben hat, »war, was sie sein konnte, nicht, was sie sein wollte«, das sei ja schon etwas komplizierter. Das sagte ich, und dass mein Vater ein Mann war, und was sie denn erwartet hätte.

Dass mein Vater ein Mann war, verstand ich sehr früh, weil die Ana Mari mich beim Wecken herzte und mich streichelte und »Liebchen« und »mein Mädchen« zu mir sagte, während er bloß in mein Zimmer kam, die Jalousien hochriss und sagte: »Los, Ana Iris«, oder: »Auf geht's, Iris«, mit Kasernenton und -gebaren. Außerdem nahm mich die Ana Mari, wenn ich Bauchweh oder Fieber hatte, unendlich viel ernster als er und sagte nichts von verweichlicht, sondern: »Ach, mein armes Mädchen, dich hat es aber schlimm erwischt.«

Als ich eines Morgens in der Mittelstufe voller Pickel erwachte, zu meinem Vater sagte, so könne ich nicht in die Schule gehen, das wären bestimmt die Windpocken, sagte er, ich solle ihm nichts erzählen und mich mit dem Anziehen beeilen, das sei die Pubertät. Ich versuchte ihn zu überzeugen und wandte, den Tränen nah, ein, wie das die Pubertät sein solle, wo ich am Abend keinen einzigen Pickel gehabt hätte und jetzt mein Gesicht voll davon sei, aber er brachte mich trotzdem zur Schule und redete auf der gesamten Fahrt nicht mit mir, und ich schaute zum Fenster hinaus und schmollte um acht am Morgen. Am Ende war es doch nicht die Pubertät, und ich steckte Cynthia und Beatriz Gómez und Rubén an, und als ich, nach einer Woche mit Fieber zu Hause, zurück in die Schule kam, musste ich mich in den Pausen obendrein vor Carlos verstecken, weil ich die Stirn voller Narben hatte.

Carlos war von zwölf bis vierzehn mein fester Freund, und auf Klassenfahrt saßen wir im Bus immer nebeneinander und hörten auf dem Walkman La Mala oder Violadores del Verso, die ich mochte, oder Hilary Duff, die er mochte. Meinem Vater gefiel Carlos gut, weil er Fußball und Tennis mochte und zu Hause ein Heft hatte mit sämtlichen Resultaten der Fußballweltmeisterschaft, die man uns geklaut hat – die von 2002, als Ronaldo Nazário einen merkwürdigen Pony trug –, alles handgeschrieben.

Mir gefiel Carlos auch gut wegen des Hefts, und später gefielen mir einige Männer gut wegen ähnlicher Sachen. Ich bin mir sicher, dass manche von ihnen in einer Paartherapie so etwas schreiben würden wie das von Fidel und Clint Eastwood und ihr Gegenüber daran verzweifeln würde wie die Ana Mari, denn bei der Beziehung zwischen Mann und Frau geht es auch darum, ein bisschen zu verzweifeln, selbst wenn heute jeder Ansatz von Verzweiflung und Konfrontation gern als »Symptom für eine toxische Beziehung« erkannt wird, »nichts wie raus da, Schwester, merkst du das nicht«, und schon das Sprechen in den Kategorien Mann und Frau, dem Männlichen und dem Weiblichen, an sich problematisch ist.

Ungefähr als ich mit Carlos zusammenkam, fing man an von Metrosexuellen zu reden. Das war das Verdienst/das Verschulden von einigen Spielern von Real Madrid, den Galaktischen, angeführt von Beckham, der die Haare schöner hatte als seine Gattin – und das, wo seine Gattin diese Spice-Trulla war. Die Metrosexuellen waren, jedenfalls behaupteten das die Lifestylemagazine der Erwachsenen und die *Vale* und die *Super Pop*, Männer, die »auf ihr Äußeres achten«, und unter »auf sein Äußeres achten« verstanden die Lifestylemagazine der Erwachsenen und die *Vale* und die *Super Pop*, dass sie sich den ganzen Körper enthaarten und sich die Augenbrauen albern zupften und sich die Haare färbten und sich vielleicht ein paar Tattoos zu viel stechen ließen und einen winzigen Brillanten im Ohrläppchen trugen.

In der kollektiven Vorstellung waren sie das Gegenstück zu den kerligen Kerlen, die, wie mein Vater, ihre Anziehsachen irgendwie kombinierten und sagten, dass sie zweimal in der Woche duschten, egal, ob nötig oder nicht, selbst wenn sie es öfter taten, und die nur sonntags Parfüm auflegten, wenn überhaupt, und deren größtes Körperpflegebemühen darin bestand, Fungusol gegen Käsfüße zu benutzen. Die Dekonstruktion des Männlichen, selbst wenn sie rein ästhetisch war, kam durch den Fußball und die Spieler – darüber wird wenig gesprochen –, und für uns Mädchen aus den Neunzigern waren in der Pubertät Männer, die sich albern die Augenbrauen zupften und sich blonde Strähnchen machen ließen, der erotische Bezugspunkt. Aber es kam noch schlimmer, kam schlimmer in der Form, in der Marx die Aussage Hegels erweitert hat: Die Geschichte wiederholt sich immer zweimal, das erste Mal als Tragödie und das zweite Mal als Farce. Und nach den Metrosexuellen machten sich die Indies an die ästhetische Dekonstruktion der Männlichkeit.

Die Indies der Nullerjahre waren noch eine weitere Farce, sie wiederholten auch den Grunge der Neunziger. Von dem übernahmen sie kaum etwas Gutes, dafür alles Schlechte, dieses Erscheinungsbild restloser Ermattung, keinen Bock zu gar nichts und stark suizidgefährdet und Unmengen frühkindlicher Traumata und irgendwie innerlich so kaputt. Den Indies, also denjenigen, die für die jungen Frauen der frühen Nullerjahre zum Archetyp des begehrenswerten Mannes wurden, stand mit Leuchtschrift auf die Stirn geschrieben, dass sie ein Paradebeispiel waren für das, was der Rumbapop-Sänger El Fary als »Weichling« beschrieben hat:

> Den Weichling habe ich jedenfalls immer gehasst. Der Weichling, ich weiß nicht. Und außerdem bin ich der Meinung, dass der Weichling ja auch nichts für die Frau ist. Die Frau ist sehr gewitzt, buchstäblich gewitzt, im Wortsinn, weil, das habe ich ja

schon öfter gesagt, was ich am meisten schätze im Leben, das ist die Frau, und für mich ergibt das Leben mit der Frau den meisten Sinn. Das Leben hätte keinen Sinn ohne die Frau. Aber die Frau ist clever, und den Weichling, den nutzt sie aus. Oder wenn sie ihn nicht ausnutzt, dann langweilt sie sich und triezt ihn und alles. So ist das. Deshalb sage ich, dass der Mann auf seinen Posten gehört und die Frau auf ihren, soviel steht fest. Weil die Frau schließlich Rechte hat, und die respektiere ich, und sie sollte mehr davon haben! Weil die Frau alles verdient. Aber, mein Freund, der Mann sollte nie weichlich sein, weil ich nämlich auch glaube, die Frau braucht ein bisschen was Kerliges. Und den Weichling, den hasse ich.

Auf dieses legendäre Fernsehinterview mit El Fary kamen Cynthia, Inés, Sara und ich an einem Nachmittag beim Kaffee zu sprechen. Sara sagte, sie wolle El Fary ungern zustimmen, aber vielleicht hätten wir doch etwas spät begriffen, dass wir uns mit den Strokes zwar einen Abend auf einer Bank über Wong Kar-Wai und die Bands beim Primavera-Festival unterhalten könnten, dass sie als Väter für unsere Kinder aber ein Totalausfall wären, und da lachten wir und gaben ihr recht. Ich redete mich in Fahrt, weil das meine Rolle in unserer Freundinnenrunde ist, dass ich mich in Fahrt rede, und ich fing an, mir eine dystopische Zukunft auszumalen, in der die Polygamie der Männer nahezu zwangsläufig eingeführt werden müsste, weil uns bezüglich der Weichlinge irgendwann die Schuppen von den Augen fallen würden, bis dahin aber kaum noch Männer übrig wären, die keine Weichlinge wären, sodass wir uns die wenigen notgedrungen würden teilen müssen, und wenn uns deshalb irgendwelche Vorhaltungen gemacht würden, dann würden wir einfach sagen, das sei unsere Kultur und die müsse respektiert werden, und da diejenigen, die uns irgendwelche Vorhaltungen machten, Kulturrelativisten wären, müssten sie still sein.

Wir kamen zu dem Schluss, dass es nicht keine Männer mehr gab, was zu behaupten zu einfach wäre, sondern dass Renton in *Trainspotting* recht hatte mit seinem: »In tausend Jahren gibt es keine Männer und Frauen mehr, sondern bloß noch Wichser«, und dass wir uns schon seit geraumer Zeit in einem Zustand befanden, in dem die einzige Identität die Idiotie war. Aber dass es keine Männer mehr gab, sondern bloß noch dreißigjährige Kinder, sagte sich so einfach, wie dass es keine Frauen mehr gab. Das hatte Pérez-Reverte tatsächlich in einem Artikel unter der Überschrift »Frauen wie früher« behauptet, und das war wirklich etwas lachhaft, und er wurde zum x-ten Mal auf den Scheiterhaufen gewünscht für diese nach Altherrenrasierwasser riechende, gern als »breitbeinig« bezeichnete Prosa. Später schrieb er noch einen weiteren allerliebsten Artikel, in dem er berichtet, wie er auf der Plaza Mayor eine junge Frau sieht, der ein Absatz abgebrochen ist, und davon ausgehend denkt er über die ach so weibliche Gabe nach, sich über alle Widrigkeiten ohne Getue hinwegzusetzen, aber darauf stieg schon niemand mehr ein, weil »alter weißer Mann«

und »Maulhalten, Gockel«, aber das soll uns jetzt nicht kümmern.

Was sich feststellen lässt, ist ein latentes und verbreitetes Gefühl, und zwar, dass es keine Leute mehr gibt, keine Menschen, oder vielleicht genauer, keine westlichen Menschen wie früher. Deshalb war eine Zeitlang dieses Hunde-Meme so angesagt, wo links ein massiger, starker Hund ist und rechts ein kleiner räudiger. Über dem ersten steht etwas wie: »Die Menschheit 500 v. Chr.: Die Ernte war gut, den Winter überleben wir«, und über dem zweiten, dem klapprigen, ein zeitgemäßes Gejammer à la: »Gottogott, die Sozialen Medien, ich hab so Schiss.«

Aber, um auf die Indies zurückzukommen, zu Zeiten der anschwellenden Festivalblase feierten die ihre Unlust und ihre B12-Mangelerscheinung und machten sich über diejenigen lustig, die das eigene Körpergewicht beim Bankdrücken stemmen konnten, weil »was für Deppen, wie aus 'ner Datingshow«, und weil das mit der Kalokagathia halt nicht von allen verstanden wird. Es wirkt aber weiter als Ideal. Das besteht noch immer im Edlen und in der Kraft von Körper und Geist, und das ist so, weil es nicht anders sein kann. *Body positive* hin oder her.

In diesen Jahren war Kate Moss das weibliche Schönheitsideal mit ihrer spitzwangigen und hohläugigen Leichenbrauthaftigkeit und dem vollständigen Fehlen von Kurven, und das lag auch daran, dass die Modeindustrie und ihr Kanon in weiten Teilen von weißen homosexuellen Männern bestimmt wurden, also von Männern, die nicht Frauen, sondern Männer begehrten, da ihrem Etikett jedoch etwas anhaftet, was nicht recht zum Archetyp des Unterdrückers passt, scheint das niemand zu sehen. Oder schlimmer: Niemand scheint das zu denken.

Danach kam die Kardashian, wohl wahr, aber danach kamen auch die Spornosexuellen als Antwort auf die Metrosexuellen und die Indies und die Sojabubis, und das ist seltsam: Diese Karikaturen von El Farys Nichtweichling durften uns Frauen nur auf eine Art gefallen, nämlich als Sexualobjekt. Testosteron war nur im Bett legitimerweise erwünscht, außerhalb war es gleichbedeutend mit Problemen (»Zu viel Testosteron auf der Machtposition«, hieß es, und was in Bolivien mit Jeanine Áñez passierte, stellte das Schwarzweißdenken genauso wenig infrage, wie die Lagarde oder Ana Patricia Botín oder die Merkel es infrage stellten). Eine, die laut sagte, dass sie sich so einen Kerl wünschte, setzte sich obendrein dem Vorwurf aus, sie sei von der Pornoindustrie manipuliert, selbst wenn sie noch nie auf Beeg oder Pornhub gewesen war. Manipuliert von ihr oder vom Erzeuger der Industrie: dem Patriarchat.

Auch darüber sprachen Inés, Sara, Cynthia und ich beim Kaffee, und darüber, dass es die Biologie gibt und die Natur (Anathema!) und dass sie sich durchsetzen und dass die Natur faschistisch ist und autoritär und dass das Begehren konstruiert ist, aber nur bis zu einem gewissen Grad, und schön ist anders, aber das hilft ja nix. Wir lachten dabei, weil man im Leben alles sein darf, bloß nicht ermüdend – das hat schon Michi Panero gesagt –, und die Wirklichkeit wird ja immer ermüdender.

Die Rechnung lag schon auf dem Tisch, als ich besagten Satz von Sylvia Plath wiederholte, »jede Frau liebt einen Faschisten«, über den ich mich schon mit Cynthia unterhalten hatte, und ich sagte, Sylvia Plath habe recht, wir würden alle einen Faschisten lieben, und Sara sah mich entgeistert an, aber ich erklärte mich und sagte, das sei eine Metapher, mit meiner freien Übernahme dessen, was die gute Plath gesagt habe, wolle ich ausdrücken, dass das mit den dekonstruierten Männern ein Beschiss war, man unsere Väter nie und nimmer als dekonstruierte Männer würde bezeichnen können, sie aber mehr kochten und putzten und arbeiteten und sich kümmerten und besser wussten, wo es langging, als diese blutleeren Kinder, die auf Tinder unterwegs sind.

Ich wollte außerdem ausdrücken, dass, wenn alles Faschismus ist – und den Anschein hat es gerade –, nichts Faschismus ist, und mich macht das kirre, weil es Faschisten waren, die meinen Urgroßvater erst ins Gefängnis gebracht und dann ins Exil getrieben haben, und nicht vier Neocons auf Twitter und im Kongress, weil »die wären gar nicht in der Lage zu etwas so Großem«, und das sage nicht ich, das hat Pablo Iglesias gesagt. Ausdrücken wollte ich damit, dass mein Vater zwei Jahre nicht zur Arbeit gegangen ist und sich um meinen Bruder gekümmert hat, aber eben auch diesen Zettel in den Topf geworfen hat, dass die Ana Mari mit ihm einen Film mit Clint Eastwood anschauen soll, ohne zu maulen, und dass er behauptete, er würde zweimal in der Woche duschen, egal, ob nötig oder nicht, und dass er schönen Frauen, die über den Zebrastreifen gingen, nachschaute, wenn wir im Auto saßen und er dachte, ich würde es nicht mitkriegen, und das ist jetzt Faschismus und Todsünde.

Denn wenn eine einen Rock trägt und Dekolleté, dann tut sie das neuerdings für sich selbst oder im Namen der Selbstermächtigung, eins von beidem, und anschauen soll mich bloß keiner, weil Machos zu Matsch, und ha, was bin ich stark und unabhängig mit meinem Rock, auf den ich früher reduziert worden bin, auf zwei Beine und ein Stück Stoff, und darüber habe ich mich aufgeregt und zu Recht, aber jetzt ist all das, Simsalabim, ein Zeichen für Selbstermächtigung, und anschauen darf es niemand. Wir haben uns so sehr in uns selbst verbunkert, uns so individualisiert und so viele Mühen darauf verwandt, die Dynamiken der Macht zu beenden – und ob uns das gefällt oder nicht, Schönheit bedeutete immer auch Macht und wird sie immer auch bedeuten –, so viele Mühen, dass wir am Ende glauben, wir würden gar keine Wirkung mehr hervorrufen, keinerlei Reaktion im anderen, und alles andere wäre obendrein inakzeptabel, auch wenn wir Frauen das, wie alles, was wir uns selbst vorzumachen versuchen, nicht so ganz glauben.

Deshalb kümmern wir uns selten um unser Dekolleté oder tragen Lippenstift, wenn wir allein daheim sind, der Pfau würde ja auch kein Rad schlagen, wäre keine Pfaufrau in Sichtweite, weil er nämlich nicht blöd ist und wegen des Energieaufwands, und abzustreiten, dass ein hübsches Dekolleté hin und wieder gezeigt wird, um gesehen zu werden, nur wenn es gesehen werden will, wenn es angeschaut werden will, ist nicht nur lächerlich, sondern es negiert auch einen Teil unserer Macht als Frauen, einer Macht, die sich nicht auf das Schöne oder das Sexuelle reduzieren lässt, von der das Schöne und das Sexuelle aber ein Teil sind, und das macht auch nichts, und deshalb liebt jede Frau einen Faschisten: Weil jeder, der unser Dekolleté anschaut, einer ist, es sei denn, er wäre ein Penner in einem Videoclip, bei dem gehört das so und wäre erlaubt. Aber nach dem geltenden Kanon waren es unsere Großväter und sind es unsere Väter wohl oder übel. Und nicht nur, weil sie ihre Blicke nicht lassen konnten von den schönen Frauen auf dem Zebrastreifen, wenn sie treuherzig glaubten, wir würden es nicht mitkriegen.

Die Liebe

Das Pfirsichbaby

Als ich meinen Bruder Javi zum ersten Mal sah, im Krankenhaus am Tag nach seiner Geburt, gab es zweierlei, was ich nicht verstand. Zunächst, warum er aussah wie ein Pfirsich, denn seine Haut war fast vollständig von feinen, weichen, blonden Härchen überzogen, die ihm sogar auf den Ohren wuchsen. Erschrocken fragte ich die Ana Mari danach, die mir lachend erklärte, sie würden bald ausfallen, das sei bei Babys so, aber an ihre Erklärung erinnere ich mich wie an eine Stimme aus dem Off, weil mir von der ersten Begegnung zwischen Javi und mir nur wir beide in Erinnerung sind, nur wir zwei waren vorhanden, denn als die Ana Mari ihn mir in die Arme legte, wurde die Welt plötzlich zu einem Trichter, in dessen Hals nur er, so winzig, und ich passten.

Ich weiß, dass sie dort war, und ich nehme an, auch mein Vater war dabei, schließlich hatte er mich in Ontígola abgeholt, um mich für diese Begegnung ins Krankenhaus zu bringen. Vielleicht war auch noch eine Krankenschwester im Zimmer, und wahrscheinlich sahen alle drei verzückt dabei zu, wie das neunjährige Mädchen zum ersten Mal ihren Bruder in die Arme schloss, aber ich sprach ihnen das Vorhandensein ab. Ich sprach allen das Vorhandensein ab außer Javi und mir, in diesem Moment und in meiner Erinnerung.

Das Zweite, was ich an dem Tag, als Javi und ich uns kennenlernten, nicht verstand, war, wie es sein konnte, dass ich ihn schon liebte, wo wir uns doch gerade zum ersten Mal sahen. Das fragte ich die Ana Mari nicht, und tatsächlich habe ich es erst fast zwanzig Jahre später begriffen, als ich mit achtundzwanzig diesen Mann, der Paris hieß, kennenlernte und vor mir selbst über Monate die Möglichkeit leugnete, dass ich ihn lieben könnte, denn wie hätte ich ihn lieben sollen, wo wir uns doch kaum kannten.

Eines Tages verknüpfte ich die Erinnerung daran, wie ich Javi zum ersten Mal gesehen hatte und die Welt plötzlich geschrumpft war und nur noch er und ich vorhanden waren, mit dem ersten Mal, als mein Freund Gonzalo mir nach ungezählten »Du musst Paris kennenlernen, ihr versteht euch bestimmt super« sagte, dass Paris eine Freundin hatte und dass seine Freundin noch dazu Anhängerin irgendeiner sonderbaren Religion war, und ich eifersüchtig wurde, ohne dass ich diesen Paris je zu Gesicht bekommen oder mit ihm geredet hätte, und ich verstand ein bisschen. Es war ein seltsames Gefühl, wir waren draußen vor einer Kneipe, und ich fragte bloß: »Wie, er hat eine Freundin?«

Dass ich eifersüchtig auf die Freundin eines Unbekannten war, sagte ich so wenig, wie ich im Krankenhaus mit Javi im Arm gesagt hatte, wie das denn sein konnte, dass ich dieses Pfirsichbaby liebte, wo wir uns doch gerade zum ersten Mal sahen und er nicht mal ahnte, dass ich ihn liebte oder was Liebe war. Unwissend, wie er war, wusste er weder etwas von meinem noch von seinem Vorhandensein, weder dass ich ihn anschaute noch dass er angeschaut wurde.

Monate nach diesem Abend, an dem Gonzalo mir erzählt hatte, dass Paris eine Freundin hatte, und ich eifersüchtig wurde, ohne ihn je zu Gesicht bekommen zu haben, lernten Paris und ich uns kennen. Gonzalo hat ein gutes Gespür, und wie vermutet verstanden wir uns super, und ich war lange erstaunt und verwirrt, erst darüber, wie das Eifersucht hatte sein können, wo wir uns doch noch gar nicht gesehen oder berührt oder gehört hatten, dann darüber, wie ich ihn lieben konnte, wo wir uns doch gar nicht kannten.

Dann, als ich einmal aus dem Carrefour zurückkam, in der einen Hand eine Plastiktüte, weil ich die Stofftaschen immer vergesse, in der anderen den Schlüssel, verstand ich plötzlich beim Gedanken an Paris, dass das an dem Tag, als ich meinen Bruder kennenlernte, die Liebe war. Dass dieses Bewundern, dieses Erspähen der Wahrheit oder der Vollkommenheit der Welt im anderen, dieses nicht recht begreifen und sich nicht erklären können, warum man liebt, was man »nicht kennt«, dass das Verliebtsein ist: annehmen, dass die Liebe bereits da ist. Und das Kennenlernen also ein Wiedererkennen.

Die ersten Tage, die Javi bei uns daheim war, verbrachte ich wie die ersten Wochen, als ich Paris kennenlernte, im Zweifel darüber, dass es ihn gab. Ich hatte neun Monate auf ihn gewartet, und vor diesen neun Monaten neun Jahre, in denen es sogar einen Bruder gegeben hatte, der nicht zur Welt gekommen war, sodass ich mich, als Javi dann schließlich kam, versichern musste, dass es ihn gab, dass er da war, dass er nicht nur war, sondern es auch eine Beziehung gab zur Ana Mari und zu meinem Vater und damit zu mir. Dass wir Geschwister waren, eins wie das andere, nur mit zehn Jahren dazwischen. Dass nur die Zeit uns trennte, und jetzt nicht einmal mehr die, denn wir bewohnten ja dieselbe.

Am Wochenende stahl ich ihn aus der Wiege, die im Schlafzimmer von der Ana Mari und meinem Vater stand, trug ihn hinunter ins Esszimmer und legte ihn in den Maxi-Cosi, um ihn beim Schlafen anzuschauen und mich zu fragen, wie eine Nase so klein sein konnte, und mich zu vergewissern, dass die Härchen, auch die auf seinen Ohren, wirklich ausfielen. Dann legte ich ihm meinen Zeigefinger in die Hand, damit er ihn umklammerte und ich sicher sein konnte, dass es ihn gab, dass Javi war, denn um einen Finger zu umklammern, müssen die Hände von einem, egal wie klein, erst einmal sein – die Hände Hände, und einer einer –, sodass ich, wenn Javi meinen Zeigefinger gefangen nahm und ihn mit seinen zur Faust geschlossenen Fingerchen hin- und herschwenkte, beruhigt war.

Wenn niemand es sah, strich ich ihm mit der Hand über den Kopf, obwohl die Ana Mari mehrfach gesagt hatte, ich solle die Finger von seinem Kopf lassen, der

»muss sich erst schließen, deshalb ist das gefährlich«. Ich tat das nur, um mir selbst und ihm zu beweisen, dass ich ihn dort berühren konnte, ohne ihm wehzutun, wie zart dieses Streichen sein konnte und wie gut ich mich um ihn kümmern wollte und würde, wenn etwas nicht sicher, wenn es gefährlich war.

Mit Javis Geburt hörte ich zu spielen auf oder spielte jedenfalls nicht mehr wie früher. Wenn jemand Erwachsenes zu mir sagte, was ich doch für ein Glück hätte, ich hätte ja jetzt so etwas wie ein Spielzeug aus Fleisch und Blut, dachte ich, was für ein Depp, oder wurde sauer, je nachdem, welcher Erwachsene es war. Mit Javi spazieren zu gehen oder ihm eine Geschichte zu erzählen oder ihm Mustela- und Denenes-Babyduft auf den Kopf zu tun und ihn zu kämmen, während meine Eltern auf der Arbeit waren, oder ihm das Fläschchen zu geben oder ihn stundenlang anzuschauen, das war für mich nicht spielen: Das war kümmern. Ich hatte tatsächlich nie Babymama gespielt, hatte nie eine Puppe gehabt oder einen Kinderwagen oder Ähnliches, weil Familie und Babys für mich nie ein Spiel gewesen waren, wie sollte es also mein Bruder sein, wie sollte Javi ein Spielzeug sein.

Als er, sehr früh, zu sprechen anfing, konnte Javi meinen Namen nicht sagen, verschluckte das zweite »a« und den Zwischenraum und nannte mich Aniris. Sich selbst nannte er manchmal »Alicia die Braut« statt Javi, weil er mit zwei oder drei auf der Hochzeit meines Cousins Hilariete gewesen war und es ihn schwer beeindruckt hatte, eine Braut zu sehen, Hilarietes Braut Alicia. Er wich ihr während des gesamten

Tanzes nicht von der Seite, schaute mit diesen runden Augen, die er hat, an ihr hoch und berührte, wenn sie nicht hinsah, ihr Kleid.

Außerdem sagte Javi manchmal, wenn er groß wäre und »ein Mädchen«, und setzte den Satz danach mit irgendwas fort, was er einmal werden wollte, was mich, nicht wissend, ob ich an Gott glaubte, obwohl ich gerade die Erstkommunion hinter mir hatte, dazu veranlasste zu beten. Ich betete dafür, dass er aufhörte, ein Mädchen sein zu wollen, wenn er groß wäre, oder dass er zumindest stark sein würde, wenn er in die Schule kam und sah, dass er nicht so war wie die anderen Kinder. Nicht nur, weil er ein Mädchen sein wollte, wenn er groß war, sondern auch, weil er, wenn er im Park ein Kind beobachtete, das Ameisen totmachte, mit ernster Miene zu meinem Vater ging und fragte, wie er diesem Kind, das Borja hieß, erklären könne, dass das Gewalt war. Oder weil er einmal, als wir nach Hause kamen und mein Vater eben den Schlüssel ins Schloss stecken wollte, hinter seinem Rücken fragte, ob jeder Tag, der verging, ein Tag mehr war oder ein Tag weniger.

Ich war fünfzehn und schaute gerade auf mein Handy, ein Nokia 3200, für das man mit den mitgelieferten Musterblättern Papiercover machen konnte, sperrte es aber, als ich das hörte, und war gespannt auf die Antwort. »Kommt drauf an«, sagte mein Vater, während er die Tür zu der Wohnung öffnete, die er gleich nach der Trennung gemietet hatte, sehr dunkel und hellhörig, mit schlechten Holzböden, durch die sich die Bewohner solcher Klinkerbauten zwangsläufig besser kennenlernen, als ihnen lieb ist. Als Nächstes sagte mein

Vater, schon drinnen in der Wohnung, ob wir Milch mit Keksen wollten, ich vermute, weil er nicht wusste, was er noch hätte dazu sagen sollen, ob jeder Tag, der verging, einer mehr oder einer weniger war. Ich vermute außerdem, dass Javi dieses »Kommt drauf an« verstand, weil er nicht weiterfragte und er immer alles verstand und versteht.

Am Ende trat beides ein, wofür ich, nicht wissend, ob ich an Gott glaubte, gebetet hatte: Javi war stark, als er in die Schule kam, sogar so stark, dass ihm nicht weiter auffiel, dass er anders war als die anderen Kinder, und mit den Jahren wollte er doch kein Mädchen mehr sein, wenn er groß wäre. Er wollte kein Mädchen mehr sein, obwohl er manchmal gesagt hatte, er würde »Alicia die Braut« heißen, und meine hohen Schuhe und meine Kleider anzog, wenn ich nicht zu Hause war. »Wann kommt die Aniris heim?«, fragte er meinen Vater, wenn ich mit meinen Freunden unterwegs war, um sicherzugehen, wie sein Zeitrahmen war. Er wollte als Erwachsener kein Mädchen sein, obwohl er einmal, als er im Eroski verloren ging und eine Frau ihn ansprach und fragte, was er so allein hier mache ohne seine Eltern und wie er denn heißen würde, antwortete: Martita, und obwohl er sich zu Weihnachten Puppenküchen und Schminksets wünschte.

In einem Jahr kaufte ihm mein Vater ein batteriebetriebenes Moped, obwohl Javi sich das natürlich nicht gewünscht hatte und nicht mal lernte, das Pedal zu bedienen, durch das es losfuhr. Ein andermal besorgte er ihm eine Wii, damit er eine Spielekonsole hätte, aber Javi tat nichts damit, außer Avatare zu erstellen und Klamotten, Accessoires und Schminke für sie auszuwählen. Cynthias Avatar trug einen Lidschatten in krassem Blau, weil Cynthia sich in der Oberstufe stark schminkte.

Wer die Weihnachtsgeschenke brachte, fand Javi sehr früh heraus, noch vor der ersten Klasse. Wenige Tage nach der Bescherung am 6. Januar sagte er zu meinem Vater, er hätte da was von einem Geist gehört, vom Blauen Geist, der würde alte Spielsachen, die man unters Bett legte, gegen neue tauschen. Mein Vater hatte zwei Märchenbücher übrig, die er bei der Bescherung vergessen hatte, und sagte, er könne das ja mal ausprobieren, worauf Javi ein paar Bauten, mit denen er nicht mehr spielte, unter sein Bett stellte, die mein Vater dann gegen die Bücher austauschte. Als mein Bruder den Tausch feststellte, das Geschenkpapier aufriss und die Bücher sah, wurde er sehr ernst und sagte zu ihm, den Blauen Geist würde es gar nicht geben, den hätte er sich ausgedacht, und wollte dann wissen, ob die Weihnachtsgeschenke auch er bringen würde, und mein Vater musste zugeben, dass er und die Ana Mari das taten. Er und Mama, weil Javi sie nie Ana Mari genannt hat, immer Mama.

Javi und die Ana Mari lachen viel, wenn sie zusammen sind, denn dass die Ana Mari wie das Universum ist, dass sie sich ausdehnt, das hat Javi lange vor mir begriffen. Javi hat sowieso alles lange vor mir begriffen, obwohl er neun Jahre nach mir auf die Welt gekommen ist. Am Tag, an dem er im Eroski verloren ging, entdeckte ihn mein Vater, als die Frau eben mit ihm zur Kasse gehen und ausrufen lassen wollte, die kleine

Martita sei gefunden worden, und als mein Vater ihn bei seinem Namen rief, versteinerte die Frau und wusste nicht, wem sie glauben sollte und wer von den beiden sie an der Nase herumführte, dieser Erwachsene mit den sehr blauen Augen oder dieses blondgelockte Kind, das behauptete, Martita zu heißen, von dem Erwachsenen aber Javier genannt wurde. Als die beiden zu Hause ankamen und mir das erzählten, lachten sie sich kaputt.

Das von Martita habe ich schon oft erzählt, und sicher ebenso oft das vom Blauen Geist und der Frage an meinen Vater, ob jeder Tag, der vergeht, einer mehr oder einer weniger ist. Auch dass Javi sich, als er sieben war, zusammen mit mir sämtliche Filme von Buñuel angeschaut hat und in seinem ersten Jahr an der Universität ein Exzellenzstipendium bekommen hat und im zweiten noch eins und bestimmt im dritten wieder eins bekommt und er der klügste Mensch ist, den ich kenne, wobei das Beste ist, dass er das weder weiß noch vermutet. Und vielleicht ist auch das die Liebe: bei jeder Gelegenheit über jemand zu sprechen und beim Sprechen zu denken, könnten ihn doch alle kennen, und wie schade, dass ihn nicht alle kennen.

Ich sage auch immer, dass Javi nie ein Kind war, dass er, als er geboren wurde, schon Jahre auf dem Konto hatte, denn das stimmt, er wurde alt geboren. Er verbrachte die Nachmittage in der Wohnung in Ontígola, in der die nackten Glühbirnen ohne Lampenschirme hingen und kaum Möbel standen, weil die Wohnungen meines Vaters nach seiner Trennung von der Ana Mari immer so ausgesehen haben, mit nackten Glühbirnen und ohne Möbel, und wenn wir fragten, ob er in den Park wollte, dann sagte er ja, aber nach fünf Minuten wollte er wieder hoch in die Wohnung, weil ihn das, was der Park zu bieten hatte, nicht interessierte.

Er schaute oft ein Buch von Fernando Marías über Velázquez an, das umfänglicher war als er selbst, oder zeichnete mit dem Kugelschreiber Sagenszenen oder Karten von Ländern, die es nicht gab, oder erfand Kulturen und ihre Entwicklungsstufen, von ihrem Aufstieg bis zu ihrem Niedergang, wusste schon als kleines Kind, was viele Erwachsene nicht sehen: dass die Geschichte nicht linear verläuft, sondern zirkulär. Weil er so oft dieses Buch über Velázquez angeschaut hatte, wollte er, als wir ihn mit fünf zum ersten Mal in den Prado mitnahmen, die *Meninas* unbedingt anfassen. Am Ende studierte er Kunstgeschichte – was sollte jemand, der die *Meninas* gleich anfassen will, auch anderes studieren –, und Marías wurde sein Professor.

Als Javi größer wurde, gingen mir ständig zwei Gedanken durch den Kopf, wie damals, als ich ihn im Krankenhaus kennenlernte. Der erste eine Frage: In was verwandeln sich Geschwister, wenn sie größer werden, wenn sie keine Kinder mehr sind? Der zweite ein Wunsch: Könnte Javi doch nur für einen Tag ich sein und sich selbst mit meinen Augen sehen. Könnte er für einen Tag ich sein und feststellen, spüren, wie stolz ich auf ihn bin. Manchmal, wenn er bei mir übernachtet, weil er Prüfungen an der Uni hat oder weil ihm danach ist, dann spähe ich ihn aus wie früher, auch wenn er nicht mehr in den Maxi-Cosi passt, und ich tue das noch heute, um sicherzugehen, dass es ihn gibt, dass er ist.

Dann wieder, wenn er mir etwas über Tyrannenmorde erzählt oder über die *Ilias* oder wenn er lacht, vor allem wenn er über oder mit der Ana Mari oder meinem Vater lacht, der ihm manchmal die letzte Seite der Sportzeitung zeigte, weil ihn »das vielleicht heilt«, dann frage ich mich noch immer, wie man jemand derart bewundern und so sehr lieben kann. Inzwischen nicht mehr, ohne ihn zu kennen, denn wir kennen uns jetzt seit neunzehn Jahren, aber doch auf diese Art. Ohne Maß und Vorbehalt, weil es nicht anders sein kann, und mit dem Gefühl, dass sich die Welt, wenn wir beieinander sind, plötzlich zusammenzieht wie an diesem ersten Tag im Krankenhaus. Dass sie sich zu einem Trichter verengt, und dann nur noch er und ich hineinpassen. Er und ich, die wir eins wie das andere sind, nur mit zehn Jahren dazwischen.

Ich werde dir erklären müssen, was eine Heimat ist

Für meinen Freund Gonzalo, der mir, kurz bevor er seinen Sohn Regio bekam, beigebracht hat, warum man Kinder bekommt.

Ich werde dich auf den Virgen-Hügel mitnehmen müssen und dir dort sagen, dass das die Mancha ist und dass du, egal nach welcher Seite du schaust, rundherum hundert Kilometer weit sehen kannst, als hätte ich es abgemessen. Wir werden hinuntersteigen zu den Votivgaben, und ich werde dir erklären, was eine Votivgabe ist, und du wirst eine Weile still darüber nachdenken, schau an, was diese Leute von früher gemacht haben, was sie machen, denn zum Glück gibt es sie ja noch, diese Leute von früher. Danach werde ich dir erzählen, dass es diese orangefarbene Gegend ist, aus der wir kommen, und dir erklären müssen, was eine Heimat ist und, als wäre das eine unbestreitbare Theorie, werde ich sagen, dass unsere Heimat von drei Tatsachen durchdrungen ist: der Abwesenheit höherer Erhebungen, dem *Quijote* und dem Wind.

Weil du ein kluges Kind sein wirst, antwortest du mir bestimmt, dass das nicht drei Tatsachen sind, sondern zwei Tatsachen und etwas Ausgedachtes, und ich werde dich entrüstet und vielleicht auch ein wenig von oben herab anschauen und zu dir sagen, dass man gegenüber jemand aus der Mancha nicht bestreiten darf, dass es den geistvollen Hidalgo gegeben hat. Dass jemand aus der Mancha nicht daran zweifeln darf, dass es den geistvollen Hidalgo gegeben hat, weil ansonsten ja, unter anderem, Jahre der Streitereien zwischen benachbarten Dörfern und Diskussionen nach Tisch darüber, welchen Ort Cervantes denn nun gemeint hat mit einem Ort in der Mancha, ganz umsonst gewesen wären.

Ich werde dir mein Handy geben, werde dich auffordern, bei Google »Campo de Criptana« einzugeben und dem zweiten Treffer zu folgen, dem zu Wikipedia, und sagen: »Lies vor, du Siebengescheit, ein Siebengescheit bist du.« Also wirst du vorlesen, vielleicht ein wenig lispelnd, weil du noch etwas zu klein dafür bist, und wenn du zu der Stelle kommst, wo es heißt: »Der Ort verfügt über eine große Anzahl der typischen Windmühlen, gegen die Don Quijote kämpfte«, werde ich auf dich runterschauen, denn noch wirst du kleiner sein als ich, wenn auch nicht mehr lang, und dich fragen: »Also, gibt es ihn oder nicht?« Womöglich werde ich zu dir sagen, oder auch nicht, weil du dafür ganz sicher noch zu klein sein wirst, dass dem, was man glaubt, obendrein, wenn es ein ganzer Landstrich ist, der es glaubt, mehr Tatsachengehalt innewohnt als dem, was man sieht, weil sich das, was man sieht, ja ständig verändert.

Ein andermal oben bei der Kapelle werde ich es sein, die über Google diese Stelle im ersten Kapitel sucht, wo es heißt: »Doch dann fiel ihm ein, dass sich der tapfere Amadis nicht damit begnügt hatte, bloß Amadis zu heißen, sondern den Namen seines Reiches und Landes hinzugefügt und sich ihm zum Ruhm Amadis von Gallien genannt hatte. Als guter Ritter wollte er deshalb seinem Namen ebenfalls den seiner Heimat beifügen und nannte sich Don Quijote von der Mancha, denn so bekannte er sich trefflich zu seinen Vätern und seiner Heimat, die er ehrte, indem er sie als Beinamen wählte«, und werde dir, was dich sicher langweilen wird, aber ich bin ja nicht umsonst deine Mutter, einen Vortrag halten darüber, dass dieser spöttische und so stark zur Eigenpersiflage neigende Geist unserer Heimat, dieses Menschenschlags von der Hochebene, daran schuld ist, dass fast niemand den *Quijote* versteht.

Einer, der es tat, war Ramiro Ledesma, Vordenker des spanischen Faschismus, der sich in jungen Jahren unter dem Einfluss von Ortega y Gasset in Quijotes Feuer und Tatkraft verliebte und Spanien requijotisieren wollte, damit allerdings nicht weit kam. Das werde ich dir nicht erzählen, nicht weil du dafür noch zu klein sein wirst oder ich fürchten müsste, du könntest von Ledesma verführt werden, schließlich wirst du ein kluges Kind sein, sondern weil du es selbst herausfinden sollst. Ich werde es dir nicht erzählen, es sei denn, du fragst irgendwann, was du sicher tun wirst, wenn du sein Quijote-Buch im Regal entdeckst, was das ist, und bestimmt liest du es dann mit Freude und verstehst es und verstehst außerdem, wieso niemand den *Quijote* verstanden hat und warum man uns Menschen aus der Mancha dazu verdammt hat, die Karikatur Spaniens zu sein, ohne dass man uns als solche dann wenigstens anerkannt hätte, denn offiziell tragen diesen Titel ja die Andalusier.

Am Eingang zur Kapelle wird es vielleicht nach Weihrauch riechen, und ich werde dir erzählen, dass deine Großeltern hier geheiratet haben und dass Pepe Luis die beiden getraut hat, der Priesteronkel von der Ana Mari, dem ich als Kind das »würden die Pfaffen Flusskiesel essen, dann könnten sie ihre Wampe vergessen« vorgesungen habe. Ein anderer Onkel von der Ana Mari, José Mari, ist als Missionar in Nicaragua gestorben, auch das werde ich dir erzählen, und dass in Criptana bei den abendlichen Frischluftrunden das Gerücht ging, die Eingeborenen hätten ihn gefressen. Ich werde dir sagen, dass mein Vater, dein Großvater, nicht hatte kirchlich heiraten wollen, aber was hätte er machen sollen, deine Urgroßmutter María Solo sei ja sehr gläubig gewesen, und du wirst mich wieder bitten, dass ich dir von den Jahrmärkten erzähle, die es bestimmt, bis du kommst, endgültig nicht mehr gibt, und wie soll ich dir das denn erklären, diesen Geruch nach Staub und Zuckerwatte und was eine Waschschüssel ist und dass die Ana Mari ihr erstes Bad in so einer erlebt hat, weil sie am 12. Juli 1969 zur Welt kam und schon am 14. zum ersten Mal in einer Marktbude schlief, auf dem Jahrmarkt von Manzanares.

Eines Tages werde ich dir auch das Heft mit den Gedichten von deinem Urgroßvater Gregorio zeigen, der irgendwann beim Wein seinen Freund Waldo, den Rezitator vom Teatro Chino de Manolita Chen, auf Kassette aufgenommen und die Gedichte dann transkribiert hat. Oder vielleicht auch nicht, bestimmt muss ich dir das gar nicht zeigen, weil die Ana Mari das tut und dir welche von den Versen aufsagt, wenn sie dich badet, und dir zwischendurch »Me quedo contigo« von Los Chunguitos vorsingt. Wenn dir die Ana Mari vom Jahrmarkt erzählt und von deinem Urgroßvater Gregorio und von der María Solo, dann kommt es dir sicher vor, als würdest du von einer sagenumwobenen Sippe abstammen, wie aus einem Volksmärchen. Und das stimmt ja auch, denn wie sonst ließe sich das Lachen von der Ana Mari erklären, ihre Art, in der Welt zu sein und auf die Welt zu schauen. Wie sonst ließe sich die Ana Mari als solche erklären.

Weil oben auf dem Virgen-Hügel der Wind pfeifen wird, werde ich »ganz schönes Windbiest« sagen und in meiner Erklärung fortfahren, was eine Heimat ist, und sagen, dass der Wind die zweite Tatsache ist, die unsere Heimat unausweichlich durchdringt. Ich werde dir erzählen, dass es in Criptana zwölf Winde gibt und dass die Mühlen deshalb zwölf Fenster haben, die nicht symmetrisch angeordnet sind, sondern in die Richtung der Winde der Gegend weisen, und dass jeder der Winde einen Namen hat, ich die aber nicht weiß, dass du Onkel Pablo danach fragen musst.

Ich werde dir von dem Abend erzählen, als er mir das mit den Winden erklärt hat. »Wir waren genau hier, auf diesem Hügel. Es gab eine Mondfinsternis, und wir sind im C15 hergefahren, die Ana Rosa, Onkel Pablo, die Cousine María und ich. Wir hatten zwar zu Abend gegessen, aber Flips aus dem Mercadona und was zu trinken und Decken dabei, und die Ana Rosa hat uns wieder diese Geschichte erzählt, wie sie in den Bergen ein Ufo gesehen haben. Die soll sie dir nachher erzählen, aber dann schläfst du sicher schon«, werde ich sagen. Du wirst widersprechen, schlafen würdest du nicht, denn du wirst nicht nur klug sein, sondern auch vorwitzig. Das wird dein Großvater Javi bestimmt zu dir sagen: »Vorwitzig wie deine Mutter«, aber irgendwann schläfst du dann doch.

Wenn wir bei Pablos Holzwerkstatt ankommen, wo noch immer viele Blumen stehen und es nach Sägemehl riechen wird und wo es vielleicht eine Schildkröte gibt und hinten im Brunnen zwei von den orangefarbenen Fischen, und du ihn nach den Winden fragst, wird er sie dir aufzählen: Mittagswind, Mittagskreuzwind, sanfter Solano, steter Solano, steifer Solano, tiefer Ábrego, steter Ábrego, steifer Ábrego, Toledowind, Cierzo, Ziegentöter – wenn er das sagt, wirst du lachen – und Moriscote. Danach zeigt er dir bestimmt, wie gut das Wachholderholz riecht, und sägt dir ein Stück ab oder schenkt dir eine Rassel oder einen alten Stempel, die er noch irgendwo hat. Wenn wir uns von Onkel Pablo verabschieden und die Werkstatttür hinter uns schließen, werde ich dich bitten, mir die Hand zu geben, weil die Straße so dicht vorbeiführt, und wir werden auf eine Flasche Wasser ins Mirasol gehen, und ich werde dir erzählen, dass deine Urgroßmutter María Solo zu dem Lokal statt »Mirasol«, Sonnenaussicht, immer »Miramuerto«, Totenaussicht, gesagt hat, weil der Friedhof gleich gegenüber ist, und mir wird Almodóvars *Volver* in den Sinn kommen, und schon bin ich wieder beim Wind. »Der Wind macht sie verrückt«, sagt Penélope Cruz zu Beginn des Films, und überleg mal, was es für Ausdrücke gibt mit Wind und Verrücktheit: durch den Wind sein, viel Wind um etwas machen, ein Windbeutel sein …

Bestimmt wirst du dich schon langweilen, oder, sofern du deinem Onkel Javi, meinem Bruder, ein bisschen ähnelst, auch nicht, und hoffentlich wirst du deinem Onkel Javi ein bisschen ähneln, und wie wird es wohl sein für deinen Onkel Javi, wenn er dich zum ersten Mal in den Armen hält, so wie ich ihn damals. Ob du auch von blondem Flaum überzogen auf die Welt kommst? Wirst du ein Pfirsichkind sein? Aber egal, ob dich das mutmaßlich langweilt oder hoffentlich nicht, ich werde dir erzählen, dass der Wind eine Gegend und ihre Bewohner zeichnet, dass er sie prägt, weil er wegfegt und herweht, anschiebt und umstößt, ohne dass sie etwas dagegen tun könnten. Denn einen Blitz oder den Regen oder die Sonne, die kannst du sehen, aber den Wind spürst du nur, und außerdem fliegen die Hexen mit ihm.

Wir gehen durch die Calle Calvario zum Platz, und irgendwie komme ich darauf zu sprechen, dass die Leute früher Flaschen mit Wasser an die Ecken der Häuser und Eingänge gestellt haben, damit die Hunde dort nicht das Bein heben, und du wirst mich fragen, warum, und ich werde es nicht wissen. Irgendwann wirst du eine Beule haben, und ich werde, um dich abzulenken, sagen, dass du nicht weinen musst und dass man da früher ein Fünfpesetenstück drangehalten hat, damit es nicht mehr wehtut, und wenn du fragst, was ein Fünfpesetenstück ist und warum es gegen Beulen hilft, wird es mir genauso gehen: Die erste Frage kann ich beantworten, die zweite nicht.

Wenn wir dann auf dem Platz sind, am Sockel der Kirche, werde ich sagen, dass Carolina, die jetzt mit dir spielt, wie ich früher mit ihr gespielt habe, dass die jahrelang »Kriche« gesagt hat, und dann erläutere ich weiter, dass Plätze wichtig sind in Spanien, weil die Straße nicht nur ein Ort ist, um von A nach B zu kommen. In anderen Ländern, das werde ich dir erklären müssen, gehen die Menschen nur aus dem Haus, um irgendwo anders hinzukommen, in Spanien ist die Straße aber ein Selbstzweck, deshalb wundert sich auch niemand, wenn man sagt: »Ich geh raus auf die Straße«, und das hat Luis Carandell in *Los españoles* schon geschrieben, und deshalb sind Plätze wichtig.

Wenn wir in die Calle el Cristo einbiegen, um Urgroßvater Vicente zu sehen, denn da er nie sterben wird, wirst du den Urgroßvater Vicente noch kennenlernen, und wenn er dich kommen sieht, wird er »schau an, mein Hübscher« sagen, und wenn du hinfällst und weinst, wird er sagen, »nicht weichlich sein«, und wenn du gähnst, sagt er, dass du müder bist »als ein Korb Katzen beim Ofen«, dann werde ich dir den dritten Schlüssel zu unserer Heimat in die Hand geben: die Abwesenheit höherer Erhebungen.

Dass die Mancha ein endloser Teppich aus Trockengras ist, das wirst du bereits wissen, weil wir sie auf der Autovía de los Viñedos schon oft durchquert haben, und du wirst, wenn wir dort vorbeikommen, schon über den Dorfnamen Puerto Lápice gelacht haben, Stiftespaß, und jedes Mal, wenn du das machst, erzähle ich dir, dass Cynthia früher auch über den Namen gelacht hat, und hoffentlich hat Cynthia dann auch Kinder und sie wachsen zusammen mit dir auf.

Wenn du ein bisschen größer bist, erzähle ich dir, dass Cynthia einmal, als wir mit den Großeltern im Auto von Criptana nach Aranjuez fuhren und am Glückshasen, dem Puff von Ontígola, vorbeikamen, sagte, dort hätte sie ihre Möbel gekauft. Sie hatte die Leuchtreklame am Freudenhaus mit denen von der Möbelfundgrube in der Nähe verwechselt, und die Ana Mari und der Großvater Javi lachten natürlich, und ich biss mir erst auf die Lippen, weil ich, klein wie ich war, eigentlich nicht hätte wissen dürfen, was das für ein Gebäude war mit den vielen Lichtern, das nicht die Möbelfundgrube war, aber dann lachte ich mit.

Aber das wird ein andermal sein, diesmal, wenn wir vom Virgen-Hügel zur Werkstatt vom Onkel Pablo gehen und von der Werkstatt zum Haus vom Urgroßvater Vicente, reden wir über etwas anderes. Da du schon wissen wirst, dass die Mancha ein endloses Hochland ist, werde ich dir, um dir zu erklären, was unsere Heimat ist und wie sie durch die Abwesenheit höherer Erhebungen geprägt wird, nur erzählen müssen, dass Berge von jeher und noch heute, selbst wenn wir uns einbilden, wir hätten uns von derlei Aberglauben, diesem Mumpitz, emanzipiert, dass sie noch heute als

Verbindung zwischen Himmel und Erde gelten. Je höher, je ehrfurchtgebietender, desto leichter fällt die Nähe zu Gott und ein Bewusstsein für seine Größe und die Größe seiner Schöpfung. Deshalb sind Gipfel die einzigen den Göttern würdigen Wohnstätten und die besten Orte, um ein Bewusstsein dafür zu entwickeln, dass es sie gibt. Der Olymp, der Parnass, der Kailash, der Sinai, der Adam's Peak, der Uluru. Es braucht Mut und Beobachtungsgabe, um die Größe Gottes in einer Ebene wahrzunehmen.

Die einzige Hierophanie kann in der Mancha erleben, wer nach oben sieht und begreift, dass er besser besonnen und schlicht auf dem Boden bleibt, weil es sich nicht gehören würde, diesem Himmel die Schau zu stehlen, und auch um das zu erkennen, braucht es Mut und Beobachtungsgabe, nämlich nach oben, über den eigenen Tellerrand hinaus. Das sage ich zu dir, während wir uns der Eingangstür vom Urgroßvater nähern, und bestimmt hörst du schon nicht mehr zu, aber das wird nichts machen, weil ich dir das im Laufe deines Lebens immer wieder sagen werde, und mittlerweile haben wir vermutlich die Nachbarin Tere getroffen, und sie wird dich gefragt haben, wohin des Wegs, so hübsch, und wird gesagt haben, wie groß du schon bist. Wenn wir bei der 61 ankommen, werde ich dich auffordern, ans Küchenfenster zu klopfen, weil der Urgroßvater Vicente bestimmt einen Stierkampf schaut und darüber eingenickt ist, was er aber sogar im Verhör durch ein russisches Spionenpaar abstreiten würde, und du wirst ans Fenster klopfen.

Wenn du ihm erzählst, wo wir gewesen sind und

dass du gelernt hast, was eine Votivgabe ist, dann sagt er vielleicht, das sei ein Blödsinn, und nennt dich Plappertasche, und das muss ich dir womöglich auch erklären, dass es, wie es bei den Inuit Unmengen von Wörtern für Schnee geben soll, in der Mancha mindestens so viele gibt für jemand, der viel redet, und alle mit einer entsprechenden Tönung: Siebengescheit, Zuträger, Zurechtschwätzer, Bescheidwisser. Die Erklärung dafür ist dieselbe wie bei den Inuit: Wenn etwas allgegenwärtig ist, dann gibt es unendlich viele Bezeichnungen dafür, um zwischen unendlich vielen Varianten und Abstufungen zu unterscheiden.

Dann verabschieden wir uns vom Urgroßvater Vicente, und ich weiß nicht, ob er »geht ihr früher, kommt ihr früher zurück« sagen wird, aber ganz bestimmt begleitet er uns zum Abschied vor die Tür und verschwindet erst wieder nach drinnen, wenn er uns nicht mehr sehen kann, und wenn du ein bisschen größer bist – denn da er niemals sterben wird, wirst du groß werden, und er wird immer noch da sein –, dann verstehst du, dass man das, was in seinem Blick liegt, wenn er dir zum Abschied winkt, Gelassenheit nennt und Stolz. Und dass es nichts Schöneres gibt als den Stolz, den sich die einfachen Leute erlauben, weil der aus dem erwächst, worauf es ankommt.

Als deine Urgroßmutter noch lebte, *wie* deine Urgroßmutter noch lebte, würde sie sagen, da hat sie das natürlich auch getan, ist zum Abschied mit nach draußen gekommen und nicht ins Haus zurückgegangen, ehe sich der Besuch aus ihrem Blickfeld verlor. Ich werde dir von deiner Urgroßmutter Mari Cruz erzählen müssen und davon, dass zu ihren Lebzeiten der ganze Hof voller Geranien war, und dein Großvater Javi erzählt dir bestimmt auch von ihr. Ganz sicher tut er das, denn als ich eine Jugendliche war und wir uns darüber stritten, warum die Arbeiter kein Vaterland haben können, sagte er mir am Ende stets, in schönster etymologischer Widersprüchlichkeit: »Mein Vaterland ist meine Mutter, und damit Schluss«, was hieß, ich solle den Mund halten, ich sei ein Quälgeist. Hoffentlich sagst du das auch irgendwann über mich, dass ich dein Vaterland bin, selbst wenn ich nicht mit dir einer Meinung bin.

Außerdem wird Großvater Javi zu dir sagen: »Schau her, was mein Finger sagt«, und ihn vor deiner Nase nach links und rechts bewegen, wenn du ihn bittest, dass er dir was zum Naschen kauft, aber dann wird er es doch tun, weil er dein Großvater ist, und bestimmt streicht er dir abends auf dem Sofa über den Kopf, bis »der mit dem Sand kommt«, das wird er zu dir sagen, wenn du müde wirst, dass der mit dem Sand kommt und ihn dir über die Lider streut, bis sie so schwer werden, dass sie zufallen.

Wenn du mit dem Großvater Javi zusammenbist, dann kommt es dir wahrscheinlich so vor, als würde dich niemand auf der Welt mehr liebhaben, und das stimmt auch: Niemand auf der Welt hat dich mehr lieb. Das wird er dir nicht sagen müssen, das weißt du so, wie vieles andere, für das du keine Erklärung brauchst. Sehr Unterschiedliches, etwa, dass man den Reichtum der Sprache bewahren muss und Wörter wie »Kokolores«, »verschmitzt«, »im Nu« oder »Alkoven«

benutzen muss, wo sie passen, oder dass manche sich alles Mögliche aussuchen können, in der Lage sind zu wählen, wo sie leben oder was sie studieren oder sogar, worum sie sich kümmern oder welcher Ideologie sie anhängen, und dann gibt es uns andere, die weniger aussuchen können.

Ganz Unterschiedliches wie, dass jedes Sprichwort eine Wahrheit enthält, denn da hat Quijote recht, »alle entstammen sie der Erfahrung, der Mutter aller Wissenschaften«, und dass man sie deshalb eher im Kopf haben sollte als die großen, am Schreibtisch entstandenen Theorien. Oder dass das meiste nicht so wichtig ist. Oder dass dir, wie Ezra Pound geschrieben hat, nie genommen werden kann, was du innig liebst, weil es dein wahres Erbe ist. Oder dass man sich dreckig machen soll, weil Dreck arm ist und damit rein. Das hat Pasolini geschrieben, und auch das werde ich dir erzählen müssen, wer Ezra Pound und Pasolini waren, obwohl ich das eigentlich auch lassen kann, weil du alles über ihre Filme und ihre Gedichte lernen kannst, wenn du Großvater Javi dabei hilfst, die Rebe an der Werkstatt von Onkel Pablo zu schneiden.

Wie sonderbar es sein wird, wenn ich ihn zum ersten Mal Großvater nennen muss und zum ersten Mal höre, wie du ihn Großvater nennst. Wird er dann nicht mehr Papa sein, nicht mehr mein Papa? Du hättest das auch von deinem Großonkel Hilario lernen können, wäre er nicht vor deiner Geburt gestorben, und auch das werde ich dir erzählen müssen, wer dein Großonkel Hilario war und wie er gestorben ist, als er die Verstopfung im Klo beseitigen wollte und dafür Chlorreiniger mit Salzsäure mischte, und dass ich mir sicher bin, er hätte »aber Herrgott verflucht, wie hirnverbrannt« gesagt, wenn er gewusst hätte, wie er sterben würde, und ich mir außerdem sicher bin, dass dich seine Geschichten begeistert hätten.

Einige Monate vor Hilarios Tod und bevor Gonzalo mir erzählte, dass er Vater eines Jungen werden würde, der Regio heißen sollte, stritt ich mich mit ihm, weil ich behauptete, Kinder würde man bekommen, um sie zu lieben, und Gonzalo mir widersprach, lieben würde man sie, natürlich, das geschehe eben, das sei aber nicht der eigentliche Grund, sie zu bekommen. Gonzalo hatte wie immer recht – es gibt solche Leute, wenn du Gonzalo und deinen Großvater kennenlernst, wirst du wissen, was ich meine –, aber vielleicht muss ich dir trotzdem erzählen, dass ich dich schon geliebt habe, bevor ich dich kennenlernte, und zwar weil ich wusste, ich würde dir all das erklären müssen.

Ich wusste, ich würde mit dir darüber sprechen müssen, was eine Heimat ist, und dass in unserer die Straße ein Selbstzweck ist und kein Mittel zu irgendwas. Ich wusste, ich würde dich zum Mandelbaum mitnehmen und zu dir sagen müssen, dass der Schatten deiner ist, weil der Urgroßvater Vicente, der niemals sterben wird, ihn gepflanzt hat, und dass du Fahrradfahren lernen würdest mit Sergio und mit Diego und mit Hugo zwischen Häusern in Weiß und Königsblau. Ich wusste, ich würde dir das Foto von deinem Urgroßvater Gregorio zeigen müssen, aufgenommen irgendwo auf einem Jahrmarkt, nachdem er den Stand zugesperrt hatte, zwischen einem Gitano auf der einen und einem von der Guardia Civil auf der anderen Seite, alle drei mit einem Becher Wein in der Hand, und dir, während du es anschaust, erklären, dass das Spanien gewesen ist und dass es in seine Brieftasche gepasst hat, denn dort hat es immer gesteckt.

Ich wusste, ich würde dir erzählen müssen, dass es diese ockerfarbene, endlose Ebene ist, aus der du kommst, du diese Decke aus Trockengras bist und außerdem der Enkel einer Postfamilie, Urenkel von Bauern und Marktleuten, Ururenkel eines Dorfpolizisten und einer Blechhändlerin, dass du einen Priesteronkel hattest und einen anderen, der Missionar gewesen ist und sein Leben auch für seine Ideale eingesetzt hat, und dass du das Gefühl haben würdest, du bist Erbe eines mystischen Menschengeschlechts, wie aus einem Volksmärchen. Weil du das ja bist, und deshalb habe ich dich schon geliebt, bevor ich dich kennenlernte, und deshalb habe ich dich auf die Welt gebracht. Deshalb, und nicht, um dich zu lieben, selbst wenn ich das mehr tue als mich selbst.

Die Mutter

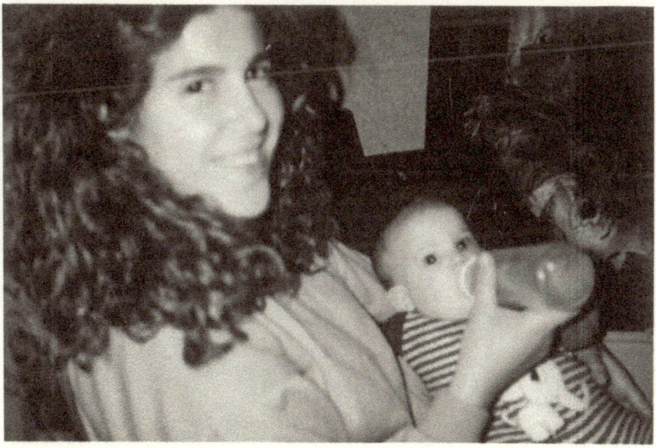

Wenn ich tot bin, erscheine ich dir, und die Ana Mari wird dir nicht glauben, weil die Ana Mari eine Ungläubige ist

Meine Großmutter María Solo starb, ohne meinen Bruder kennenzulernen, der vier Monate nach ihrem Tod zur Welt kam, und ohne zu erfahren, dass die Ana Mari doch keine Ungläubige war. Sie und ihr Mann, mein Großvater Gregorio, bekamen am selben Tag ihre Krebsdiagnose, bei ihm war es die Lunge, bei ihr der Gebärmutterhals, also mussten sie die Jahrmärkte und die Wochenmärkte und die Wallfahrtsfeste lassen und sich umeinander kümmern, unterstützt von meiner Tante Vane und meiner Tante Arantxa, die noch zu jung waren, um das durchzumachen – die eine achtzehn, die andere zwanzig –, aber so übel kann das Leben auch sein. Er starb am 28. Juni 1999, und an dem Tag hatte von den Bisuteros niemand Geburtstag. Sie starb am 2. Juni 2000, und an dem Tag wurde ich neun.

Als man mir sagte, dass meine Großmama María

Solo gestorben war, nach monatelanger Behandlung, Krankenhausaufenthalten und Morphiumgaben (sie würde sich einen genehmigen, sagte sie, wenn sie die Pumpe betätigte), dachte ich als Erstes, was ich denn jetzt bloß tun sollte ohne sie, die ich mehr liebte als alles andere auf der Welt und die mich mehr liebte als alles auf der Welt. Als Zweites dachte ich, dass ich meinen Geburtstag trotzdem feiern würde, weil sie mich auf dem Foto, das ich von ihr am liebsten hatte, an meinem dritten Geburtstag in den Armen hält und ich dabei ein paar Kerzen ansehe, die anzusehen ab jetzt nicht mehr viel Sinn haben würde, weil sie eher ihren Todes- als meinen Geburtstag bezeichnen würden. Schließlich fiel mir auf, dass es jetzt so weit war: Von nun an würde sie mir jederzeit erscheinen können, denn sie hatte mir weder gesagt, wann noch wo, noch wie sie sich das mit der Fleischwerdung vorstellte. Sie hatte mir lediglich angekündigt, dass sie mir erscheinen und dass die Ana Mari mir nicht glauben würde, weil die Ana Mari eine Ungläubige war.

Ich weiß nicht, ob das damals auf sie zutraf, vermutlich schon, zumindest nahm meine Großmutter diese Gewissheit mit ins Grab. Aber es kam, wie es kommen musste: Als sie um die dreißig war und ihre Mutter – meine Großmutter – gerade gestorben, fing die Ana Mari an, ihr ähnlicher zu werden. In der Art, wie sie sich bewegte und wie sie sich furchtlos allem stellte. In der Anzahl an Sprichwörtern und Füllwörtern pro Satz und im Gestikulieren ihrer Hände. Darin, dass sie, wenn wir einen Spiegel zerbrechen, »herrje, sieben Jahre Pech« murmelt, und wenn wir Salz verschütten, sagt sie zwar nicht, für wie lange, aber doch etwas vom schlechten Omen.

Kürzlich erstand die Ana Mari einen kleinen Klappaltar mit Christus auf der einen Seite und der Jungfrau der Fürbitte, der Schutzheiligen von Benidorm, auf der anderen, und stellte ihn im Wohnzimmer neben ihre Fotos mit Nacho dem Falken, zu denen von meinem Bruder und mir. Als ich sie fragte, wie das und wieso das Bild von dieser Jungfrau, und sie sagte: »Na, das ist die von Benidorm. Ich hab's wegen dem Christus gekauft«, da erkannte ich in ihr meine Großmutter María Solo, und ich fragte mich, ob das als Erscheinung zählte und ob meine Kinder in mir einmal die Ana Mari sehen werden. Wahrscheinlich schon irgendwie, ich zumindest erahne sie bereits. In der Pubertät und der ersten Zeit danach wünschen wir uns, nicht so zu werden wie unsere Eltern, und wenn wir älter werden oder vielleicht auch, weil wir älter werden, stellen wir fest, dass fast alles, was gut an uns ist, nicht von uns, sondern von ihnen stammt. Zumindest ging mir das mit der Ana Mari so, und das brachte mich zu der Frage, ob es umgekehrt genauso ist, ob auch die Ana Mari, oder Eltern generell, denken: »Hoffentlich werden meine Kinder in diesem oder jenem nicht wie ich.«

Ich vermute, meine Großmutter hielt die Ana Mari für eine Ungläubige, weil ich ein Heidenkind war, denn sie lebte schon nicht mehr, als ich beschloss, zur Erstkommunion zu gehen, und mich dafür taufen lassen musste und damit für immer kein Heidenkind mehr war. Außerdem begleitete sie uns nie zu den Prozessionen, zu denen gingen meine Großmama María

Solo und ich mit der Toñi und den Töchtern von der Toñi, der Rebeca und der Alma und der Noelia und der Coraima, als die zur Welt kam, und meine Großmutter erklärte mir die Pasos mit den Darstellungen und die Geschichte von Jesus mit derselben Inbrunst, mit der sie mir das »Vier Ecken hat mein Bettchen« beigebracht hatte. Hinterher erklärte mein Vater das alles für Unsinn, aber wenn ich ihr das weitersagte, riet sie mir, nicht auf ihn zu hören.

Auch wenn die Ana Mari dem Prozessionstreiben fernblieb, kaufte sie mir zur Karwoche immer etwas Neues zum Anziehen, damit meine Großmutter mich bei der Hand nehmen und mir Flips und Sonnenblumenkerne kaufen und mit mir zum Calvario oder zum Pozo Hondo gehen konnte, wo die Verónica dem Jesus am Freitagmorgen das Gesicht wusch und von einem Balkon ein Pfeil auf ihn geschossen wurde, und man musste sehr früh dort sein, um einen Platz zu ergattern. Wir gingen zu allen Prozessionen, sogar zu der vom Putilla, der ein Dorfheiler war und in den Straßen von Criptana eine Art Leidensweg Jesu nachspielte, mit dem Kreuz auf dem Rücken und dem Hinfallen und den frommen Frauen im Schlepptau, ohne dass ihn jemand der Ketzerei bezichtigte.

Über Jahre tat es mir leid, dass meine Großmutter María Solo außer mir und David keins ihrer Enkelkinder kennengelernt hatte. In ihrem Haus sind am Türrahmen zur Speisekammer noch die Striche zu sehen, mit denen sie festhielt, wie groß wir waren und wie wir wuchsen. Meine Tante Vane und meine Tante Arantxa maßen mich weiter, nachdem meine Großmutter María Solo gestorben war. Das Letzte, was sie gesagt hatte, ehe sie ging, war: »Und du, Arantxa, pass mir auf die Vanessa auf«, denn ihre übrigen Kinder, die Ana Mari und mein Onkel José Mari und meine Tante María José lebten schon mit jemand zusammen und waren ausgezogen, aber die Arantxa und die Vanessa nicht. Die Arantxa tat, wie ihr geheißen, und passte auf die Vanessa auf, und die Vanessa und die Arantxa passten außerdem auf uns, ihre Nichten und Neffen, auf, wie die María Solo zu Lebzeiten auf uns aufgepasst hatte, uns alles erlaubend und bedingungslos.

Über Jahre tat es mir leid, dass meine Großmutter María Solo meine Cousine Eva nicht kennengelernt hatte, die mit ihrem Gesicht und ihrer durchscheinenden Seele und Haut zur Welt gekommen war, und nicht meinen Bruder Javi. Manchmal stellte ich mir die Gespräche zwischen den beiden vor und dass sie, da sie mich widerborstiges Kind schon so sehr liebte, meinen Bruder, der als Heiliger geboren war, der alt geboren war, bestimmt vergöttert hätte. Mir tat es auch über Jahre leid, dass Javi sie nicht kennengelernt hatte, dass er nicht wusste, welche der Gesten von der Ana Mari eigentlich Gesten meiner Großmutter, unserer Großmutter, sind, dass er ihre Stimme nie hat hören können – die ich nicht vergessen habe, obwohl das mit den Stimmen der Toten manchmal passiert –, wie sie von ihrer Kindheit in Castuera erzählte, »wo eine entweder Hure ist oder Turrón macht, und wir machen Turrón, damit das klar ist«.

Zur Beerdigung meiner Großmutter María Solo wollte ich unbedingt gehen, ich war doch jetzt neun, und wie hätte ich nicht zur Beerdigung von meiner Großmutter María Solo gehen sollen. In der Kirche, den Blick starr auf den Sarg gerichtet und ohne weiter auf das zu achten, was Pepe Luis sagte, der Priesteronkel von der Ana Mari, der die Messe las, bekam ich Durchfall, sodass die Noelia, eine der Töchter von der Toñi, mit mir raus und aufs Klo von der Bar am Platz gehen musste. Wir blieben draußen, bis alle die Kirche verließen und der Sarg in den Leichenwagen der Versicherung verladen wurde, in die meine Großmutter gewissenhaft eingezahlt hatte, was sie »die Toten bezahlen« nannte. Als der Wagen anfuhr, gesellten sich zwei weiße Schmetterlinge zum Leichenzug, denn in Criptana legt man die Strecke zwischen Kirche und Friedhof zu Fuß zurück, es sei denn, man ist ein Schmetterling, dann fliegt man, was die beiden taten.

Auch da weiß ich nicht, ob es als Erscheinung zählt, aber immer, wenn ich einen sehe, denke ich an meine Großmama María Solo, und der Ana Mari geht es genauso. Was auf jeden Fall als Erscheinung zählt, sind die Träume, und auch, was einmal in ihrem Haus passiert ist, das jetzt das Haus meiner Tante Vane und meiner Tante Arantxa ist, denn die beiden wohnen noch dort. Das Haus ist nicht mehr so aufgeräumt wie zu Lebzeiten meiner Großmutter, und einmal träumte ich, sie würde wieder auferstehen, der heilige Petrus hätte gemerkt, dass es ein Fehler gewesen war, sie so jung zu sich in den Himmel zu rufen, und hätte sie uns zurückgeschickt. Am meisten freute ich mich im Traum darüber, dass sie ihre Enkelkinder würde kennenlernen können, Eva, die ihr Gesicht hatte, Marina und Javi. Am dringlichsten schien mir: meinen Tanten Bescheid zu geben, damit sie das Haus aufräumten, weil die María Solo, wenn sie kommen und das sehen würde, gleich wieder beim heiligen Petrus anklopfen würde, zuzutrauen war ihr das.

Tatsächlich glaube ich, dass meine Großmutter María Solo längst weiß, dass das Haus unordentlicher ist als zu ihren Lebzeiten, denn sie war sehr reinlich, pingelig, und Leute, die nicht sauber machten, nannte sie »ein bisschen finsterlich«, und die Ana Mari sagt über Leute, die nicht sauber machen, ebenfalls, sie seien »ein bisschen finsterlich«. Und dass sie über die Unordnung Bescheid weiß, glaube ich wegen dem, was einmal in ihrem Haus passiert ist.

Es dunkelte, und wir saßen zusammen im Hof: meine Tante Vanessa, meine Tante Arantxa, mein Bruder Javi und ich. Wir hatten uns die Fotoalben der Familie genommen und sahen uns Fotos unserer Vorfahren auf den Märkten an und von der Hochzeitsreise meiner Großmutter María Solo mit meinem Großvater, auf der sie Spanien durchstreift hatten, als hätten sie das von Jahrmarkt zu Jahrmarkt noch nicht genug getan und weil sie Spanien liebten und es noch besser kennenlernen wollten. Oder vielleicht liebten sie es auch, weil sie es gut kannten. Wir machten Bemerkungen darüber, wie gut sie ausgesehen hatte, denn meine Großmutter María Solo war die bestaussehende Frau der Welt gewesen, die Wangenknochen sehr markant und das Haar fast blond und die Haltung aristokratisch, und irgendwann gingen wir in ihr Schlafzimmer und holten aus ihrem Schrank den langen Spitzenmantel, den sie an ihrer Hochzeit über dem Brautkleid getragen hatte. Ich sollte ihn anprobieren, und die anderen meinten, wenn ich heiratete, müsse ich den nehmen, aber nur leihweise. Und ich, die ich nie hatte heiraten wollen, wusste auf einmal, dass ich es würde tun müssen, nur um diesen Spitzenmantel zu tragen und die María Solo nicht zu enttäuschen, so wie ich Jahre zuvor, wohl ohne es selbst zu wissen, aus demselben Grund beschlossen hatte, zur Taufe und zur Erstkommunion zu gehen. Weil sie, meine Großmama María Solo, die einzige Wahrheit war und ist, oder zumindest kenne ich keine andere.

Wieder im Hof, wo all die Fotos auf dem Tisch ausgebreitet lagen, spürte ich, dass sie dort war, bei Javi und meinen Tanten. Erst erschrak ich und schaute nach oben, als wollte ich sie dort auf der Terrasse sehen, auf die ich ihr zum Aufhängen der Wäsche folgte, was ihr nicht behagte, weil ich hätte hinunterfallen können, und als ich aufs Klo musste, beeilte ich mich, und als ich wieder am Tisch saß und ein Geräusch hinter meinen Rücken hörte, zuckte ich zusammen, und meine Tante Arantxa fragte, was los sei, und ich antwortete, da sei irgendein Insekt, was aber nicht stimmte. In Wahrheit hatte ich gemerkt, dass die María Solo dort war, und war nervös geworden und blieb nervös, bis mir der zweite Teil von dem wieder einfiel, was sie mir vor ihrem Tod gesagt hatte: »Wenn ich tot bin, erscheine ich dir, und die Ana Mari wird dir nicht glauben, weil die Ana Mari eine Ungläubige ist, aber du musst keine Angst haben, denn ich bin es ja, ich tue dir nichts.«

Die María Solo war dort und kannte Javi schon, wie hätte sie ihn nicht kennen sollen, wo er früher in ihr gewesen war als auf der Welt, wo aus ihr doch die Ana Mari hervorgegangen war, aus der wiederum Javi und ich hervorgegangen waren. Wie hätte sie nicht dort sein sollen, wo wir doch über ihre Wangenknochen sprachen und über ihre Redensarten und darüber, dass Frausein nur heißen konnte, wie meine Großmutter María Solo zu sein, die als kleines Kind in Castuera Schlangen getötet hatte und der einzige Mensch auf der Welt gewesen war, der mich so kämmen konnte, dass es nicht ziepte. Die María Solo war da, weil ihre Enkelin Eva ihr Gesicht hatte und ihre fast durchsichtige Haut und Seele, und auch darüber unterhielten wir uns, und das hatte sie natürlich gemeint, als sie sagte, sie werde mir erscheinen, auch wenn sie sich getäuscht hatte darin, dass die Ana Mari mir nicht glauben würde. Denn, Großmama María Solo, am Ende war die Ana Mari gar keine Ungläubige.

Warum hat denn niemand der Großmutter die Brille aufgesetzt

Zwei Monate nach dem Tod meines Onkels Hilario, am 13. September 2019, starb meine Großmutter Mari Cruz. In der Todesanzeige, die das Bestattungsinstitut an ihrer Haustür befestigte, stand nichts davon, aber sie starb vor Kummer, und als ich den sorgfältig angebrachten Zettel mit ihrem Namen sah, fiel mir auf, dass ich so etwas in Madrid nie gesehen hatte. Ich sagte das zu meinem Vater, und der meinte, das sei kein Wunder, wie sollte es in den Gegenden von Madrid, in denen ich unterwegs war, solche Anzeigen geben, wo es dort keine Nachbarn, sondern nur Bewohner gab, wozu sollte es Todesanzeigen geben, wenn es keine Gemeinschaft gab, die darüber informiert werden musste, dass sie von nun an ein Mitglied weniger haben würde.

Wenn es diese Todesanzeigen in Madrid gäbe, überlegte ich und sagte das auch zu meinem Vater, wenn es sie weiterhin in Madrid gäbe, denn vermutlich habe es sie ja irgendwann gegeben, dann würden sie nicht mehr so heißen. In unserem Streben, alles durch Erklärzwang zu vermurksen, würden sie »Infotafeln über Hingeschiedene zur Stärkung der gemeinschaftlichen Fürsorge« heißen. Einmal war ich in Madrid auf die Initiative einer feministischen Gruppe gestoßen, die dazu einlud, nach dem Abendessen gemeinsam ein bisschen spazieren zu gehen, wie das meine Großmutter mit meiner Tante Ana Rosa und der Tere und der anderen Tere, von weiter oben, und der Manoli und der Conchi und der Ele zwischen Mai und September getan hatte. Dieses Phänomen wurde als »Knüpfen von Netzen weiblicher Fürsorge« bezeichnet. Ich hatte mir vorgestellt, wie ich meiner Großmutter und meiner Tante Ana Rosa und der Tere und der anderen Tere und der Manoli und der Conchi und der Ele erklärte, dass das, was sie schon ihr Leben lang taten, weil sie gesehen hatten, dass ihre Mütter und Großmütter es taten, das »Knüpfen von Netzen weiblicher Fürsorge« war, und musste lachen. Obendrein schloss sich ihnen manchmal José an, der Mann von der Tere, womit es sich nicht mehr um einen *non-mixed space* handelte, und das würde ich ihnen ebenfalls erklären müssen, und da würden sie dann lachen, die Frauen. Und José wahrscheinlich auch.

Dieses Gespräch über die Todesanzeigen und die Netze der Fürsorge als zeitgemäßes Synonym für den Abendspaziergang fand auf dem Weg zum Giba statt, einem der Lokale in dem Gewerbegebiet, wo auch die Leichenhalle von Criptana ist und wohin ich mich mit meinem Vater während der Totenwache irgendwann abseilte. Als wir rausgegangen waren und er sich eine Zigarette angesteckt hatte, nahm er mich an der Schulter und sagte, wie um es mir einzuschärfen, jetzt hätte ich keine Großmutter mehr. Ich musste an den Tag denken, an dem ich zweiundzwanzig geworden war und er mich ebenfalls an der Schulter genommen und, wie um es mir einzuschärfen, zu mir gesagt hatte, das sei das Alter gewesen, in dem meine Mutter mich bekommen habe. Und das sei die Zeit.

Beim Giba bestellte er ein Bier für sich und einen Cola Cao für mich, und wir setzten uns damit nach draußen, aber noch bevor ich meinen Cola Cao ausgetrunken hatte, hielt mein Vater mich schon zur Eile an, wir sollten wieder zurück, weil mein Vater mich immer zur Eile anhält, mein Vater lebt in Eile und geht in Eile, selbst wenn er nirgends hinwill und nirgendwohin zu spät kommt. Seinen Briefträgerschritt nennt er das und verdammt mich dazu, stets hinter ihm und im Laufschritt zu gehen. An diesem Tag hatten wir noch dazu weniger Eile denn je, denn ich und meine siebzehn Cousinen und Cousins hatten keine Großmutter mehr, wo sollten wir also hinwollen.

Wenige Meter von der Tür des Giba entfernt, unterbrach mein Vater seinen Briefträgerschritt, blieb unvermittelt stehen und sagte, nach unten schauend: »Guck mal.« Dann gab er einer Pflanze einen leichten Tritt, und eine ihrer Samenkapseln platzte auf. Danach tat er dasselbe mit einer zweiten und mit noch einer und sagte dann, ich solle es auch mal versuchen und das sei eine »Spritzgurke«. Da fielen die ersten Tropfen, und wir flüchteten uns vor dem Schauer in eine Lkw-

Garage, was uns der Fahrer erlaubte, aber noch ehe es wieder aufklarte, musste er zusperren und uns hinauswerfen, deshalb kamen wir durchnässt bei der Leichenhalle an. Die Haare ans Gesicht geklatscht, die Sportschuhe vollgesogen fiel mir beim Hineingehen auf, dass auch dort die Anzeige hing und dass darauf Hilario auftauchte, der zwei Monate zuvor gestorben war.

Hilario war das vierte Kind gewesen, das meine Großmutter Mari Cruz überlebt hatte. Zwei waren als Säuglinge gestorben, an Meningitis, woran Kinder früher gestorben sind, und einer, mein Onkel Pedro, starb, schon erwachsen, bei einem Motorradunfall. Pedro war als Einziger von meinen Onkeln und Tanten väterlicherseits auf die Universität gelangt. So hatte ich das immer gehört, »auf die Universität gelangen«, als wäre die Universität der Mond, und lange Zeit war sie das für unsereins ja auch.

»Das Arbeiterkind auf die Uni«, jahrelang wurde das bei Demonstrationen gerufen. Dann gelangte das Arbeiterkind auf die Universität und fühlte sich erst fremd, weil ein paar von seinen Kommilitonen schon mal von Foucault und Lasswell gehört hatten, sie in den Bücherschränken ihrer Eltern gesehen hatten oder über sie beim Abendessen mit Freunden gesprochen worden war, und dann, weil die meisten von denen während ihres Studiums nicht arbeiten mussten und sich dem politischen und studentischen Aktivismus oder dem Lotterleben hingeben konnten, sofern das nicht ein und dasselbe ist. Später stellte das Arbeiterkind dann fest, dass die einen von der Uni in den Beruf wechselten und die anderen nicht, und da kam ihm der

Gedanke, dass es ohne Frage gut war, wenn das Arbeiterkind – also er – auf die Universität gelangte, dass das Studium aber, zumindest bei der bestehenden Ausrichtung der Uni, weder ein Selbstzweck war noch das versprochene Ticket für den sogenannten sozialen Fahrstuhl, der dieselben Erfinder haben muss wie der Fortschritt.

Von Pedro, der auf Lehramt studiert hatte und, falls er meinem Vater oder Hilario ein bisschen ähnlich gewesen war, ein guter Lehrer geworden wäre, jedoch vorher ums Leben kam, gab es, wie von allen meinen Onkeln und Tanten, Cousinen und Cousins, ein Foto im Esszimmer meiner Großmutter. Sie hatte uns alle dort versammelt, ihre acht Kinder mit den dazugehörigen Schwiegertöchtern und -söhnen und ihre achtzehn Enkelkinder, gerahmt auf den Regalbrettern über dem Fernseher: die einen während ihres Militärdienstes, andere irgendwie festlich gekleidet, bei einer Hochzeit oder als kleine Kinder. Die Fotos ihrer Urenkel hatte sie begonnen auf dem runden Tisch zu platzieren, zwischen Spitzendecke und Glasplatte, vielleicht weil auf den Regalbrettern schon kein Platz mehr war.

Wenn meine Großmutter die Fotos abstaubte, was jede Woche geschah, und zu dem von Pedro kam, betrachtete sie es, und ihr Gesicht wurde traurig. Das weiß ich von meiner Cousine María, die immer bei ihr im Haus gewohnt hat und ihr zuweilen half, das Esszimmer zu putzen, und nicht von meiner Großmutter selbst, denn tatsächlich habe ich sie nie seinen Namen sagen hören. Meinen Großvater auch nicht, meinen Vater nur selten und mit einem Zittern in der Stimme.

Zwischen dem Tod ihres Sohnes Pedro, 1990, und dem ihres Sohnes Hilario, 2019, hatte meine Großmutter keinen Fuß auf den Friedhof gesetzt. Wenn der 31. Oktober kam und man sauber machen musste, wurden meine Tante Ana Rosa und die Mari hingeschickt, um mit Eimer und Topfreiniger alles herzurichten. Bei ihrem nächsten Friedhofsbesuch, zwei Monate später, kam sie schon, um zu bleiben.

Der Sarg war ihr zu groß, denn meine Großmutter Mari Cruz war sehr klein gewesen und mit den Jahren noch kleiner geworden. Wenn ich ins Dorf kam und sie mir die Tür öffnete und ich sie in die Arme schloss, während sie »wie hübsch du bist« zu mir sagte und mich küsste, spürte ich jedes Mal, dass sie wieder kleiner geworden war, und ich wollte mir nicht zu sehr den Kopf zerbrechen, aber manchmal dachte ich, dass sie durch dieses Schrumpfen irgendwann verschwinden würde, und so war es dann auch. Außerdem dachte ich, wenn ich ins Dorf kam und sie mir die Tür öffnete und ich sie in die Arme schloss, während sie »wie hübsch du bist« zu mir sagte und mich küsste, dass León Bloy recht gehabt hatte, als er schrieb, die einzige Tragödie im Leben bestehe darin, dass wir keine Heiligen seien. Und dass meine einzige Tragödie und die einzige Tragödie von allen, die ich kannte, folglich darin bestand, dass wir nicht meine Großmutter Mari Cruz waren.

Dass der Sarg ihr zu groß war, sagte meine Cousine Marta in der Leichenhalle zu mir, als sie mich bat, mit ihr zu kommen, um die Großmutter durch die Scheibe der Kühlkammer anzusehen, in der sie die Toten aufbahren. Wir hielten uns an der Hand wie als Kinder, als sie acht gewesen war und ich sechs und sie gespürt hatte, dass sie auf mich aufpassen musste auf ihrem Bauernhof, weil ich nichts vom Land wusste, ich ging ja in Madrid zur Schule, und nichts vom Leben, denn ich war ja zwei Jahre jünger als sie. Wir hielten uns an der Hand wie als Kinder, nur dass wir jetzt ein bisschen das Gefühl hatten, dass ich mit meinen achtundzwanzig Jahren es war, die auf sie mit ihren dreißig aufpassen musste, weil sie nicht aufhören konnte zu weinen und nicht alleine durch die Scheibe schauen, aber doch meine Großmutter, unsere Großmutter, sehen wollte und mich deshalb gebeten hatte mitzukommen.

Gleich als wir den Vorhang aufzogen, sagte Marta: »Herrje, der Sarg ist ihr viel zu groß«, und weinte noch heftiger. Sie lehnte ihren Kopf an meine Schulter, und als sie wieder zu Atem gekommen war und den Kopf hob und noch einmal hinschaute, sah sie, dass die Großmutter keine Brille trug, und fragte mich, wieso denn niemand der Großmutter die Brille aufgesetzt hatte, sie würde ja dort, wo sie hinging, nichts sehen. Vor Anspannung und Traurigkeit hat sie vergessen, dass wir Atheisten sind, dachte ich, aber weil sie es so ernst gesagt hatte, musste ich ihr versichern, sie solle sich keine Sorgen machen, wir würden die Brille holen und sie ihr aufsetzen, und das taten wir, und ich glaube, das war gut.

Auch für meine Großmutter musste ich einen Text schreiben, weil wir auch für sie keine Messe lesen ließen. Stundenlang saß ich schniefend vor dem leeren

Papier, denn Hilario war seine Geschichten gewesen, seine Scherze und gereimten Sprüche, Hilario war nach außen gekehrt gewesen, aber meine Großmutter war es nach innen, sie war Schweigen und Stille, Sanftheit und keinerlei Aufhebens. Meine Großmutter war Hingabe und Feingefühl gewesen, und darüber zu schreiben ist schwierig, weil es keine Konturen gibt, alles davon eingehüllt und umfangen wird, alles gewiegt wird davon, und dieses Alles lässt sich weder sehen noch aufschreiben. Mein Cousin Ernesto, der zu den Älteren gehört, sagte an dem Tag zu mir, er habe nie gehört, dass sie laut geworden wäre, noch nicht einmal, wenn wir ihr beim Fußballspielen im Hof die Geranientöpfe zerschossen, und das schrieb ich in meinen Text. Mein Cousin Diego, der mit seinen elf Jahren zu den Kleinen gehört, sagte mir, dass sie ihm Süßigkeiten und Schokolade geschenkt hatte und sehr lieb gewesen war, und das schrieb ich auch. Ich werde immer daran denken, wie sie sich über meinen Großvater lustig gemacht hat, wenn er herumtönte, wie sie dann lachte, wie sie mir von den Jahren erzählte, in denen sie sich allein um acht Kinder und einen Esel hatte kümmern müssen, weil er, in den Sechzigern, zum Arbeiten nach Deutschland gegangen war, und sie machte sich dabei weder zum Opfer noch überhöhte sie ihre Leistung, sondern erzählte fast beschämt davon, als wäre es ihr ein wenig peinlich, im Rückblick zu sehen, wie stark und tüchtig sie gewesen war, aber das ließ ich weg. Ich ließ auch weg, dass sie gegangen war, wie sie gelebt hatte, geräuschlos. Und dass sie dabei umgeben gewesen war von Liebe, weil sie dafür gelebt hatte, um Kinder zu bekommen und zu behüten, die Enkelkinder bekommen und behüten würden, die ihrerseits wieder, wenngleich stetig weniger, Urenkel bekommen und behüten würden.

Wieder war es mein Bruder, der auf dem Friedhof vorlas. Weil wir auch für sie keine Messe lesen ließen, mussten wir erneut ein Ritual erfinden, dabei habe ich meine Großmutter nie fluchen hören auf den Herrgott oder das ganze Pack von Heiligen oder das Flittchen von Jungfrau oder Christus zu Pferd, im Gegenteil: Wenn mein Großvater das tat, schimpfte sie mit ihm und sagte »aber Junge« oder »hat man sowas schon gehört« und schüttelte den Kopf.

Am Abend vor der Beerdigung, als die Sonne über dem Gewerbegebiet unterging, in dem die Leichenhalle von Criptana ist, und die Gäste sich nach und nach verabschiedeten, wollte mein Vater unbedingt bleiben und weiter Totenwache halten. Meine Onkel und Tanten versuchten es ihm auszureden, er solle nach Hause fahren und sich ausruhen, aber er schaltete auf stur. Mir kam der Verdacht, dass es ihm so ging wie Marta: Vor Anspannung und Kummer hatte er vergessen, dass wir Atheisten waren. Er erinnerte sich nicht mehr, dass man »nach dem Tod nicht in den Himmel zu den Engeln kommt, sondern aufhört zu sein. Du wirst begraben und von den Würmern gefressen, die danach von den Vögeln gefressen werden, die von anderen Vögeln gefressen werden, etwa von Geiern«. Wir waren noch immer nicht ganz trocken wegen des Schauers, der uns am Nachmittag auf dem Rückweg vom Giba erwischt hatte, und ich dachte, dass das mit den Würmern und den Geiern auch ein Glaube war. Lunatscharski und Gorki hatten gedacht, es müsse eine neue »Gott-Konstruktion« her, weil dort, wo die Kirche von den Bolschewisten beseitigt worden war, der Aberglaube neu erstarkte, oder vielleicht hatte das Paris mal zu mir gesagt.

Als wir allein waren, baten wir die Angestellte des Bestattungsinstituts, die Klimaanlage etwas niedriger zu stellen, weil es kalt war, und mein Vater legte sich auf das Sofa, das der Kühlkammer, wo der Leichnam meiner Großmutter ruhte, am nächsten war, und ich überlegte erst, dass auch Beerdigungsinstitute Angestellte hatten und wie verrückt das war, bei einem Beerdigungsinstitut angestellt zu sein, und dass kein Mensch an solche Berufe denkt, weil niemand an den Tod denken will, und dann überlegte ich, wieso mein Vater sich dort hinlegte.

Als mein Großvater nach Deutschland gegangen war, war mein Vater noch klein gewesen, und weil er ein Mamakind war, begann er im Bett meiner Großmutter zu schlafen, obwohl er nicht der Jüngste der acht Geschwister war. Der Hang zum Märchenhaften ließ sich bei ihm schon damals erahnen, denn wenn er bei meiner Großmutter im Bett schlief, die Lücke besetzte, die mein Großvater hinterlassen hatte, um alle satt zu bekommen, dann träumte er, dass sein Vater auf dem Rücken eines weißen Pferdes zurückkäme, und davon erzählte er seinen Klassenkameraden in der Schule. Als mein Großvater dann, nach fünf Jahren, aus Deutschland zurückkam, hatte er nicht nur kein weißes Pferd dabei, sondern warf ihn auch aus dem Bett, und er durfte nicht mehr bei seiner Mutter schlafen. Und das war die letzte Nacht, die er bei ihr verbrachte.

Das war seine letzte Nacht bei meiner Großmutter, und da fiel mir etwas auf, was offensichtlich, mir aber den ganzen Tag entgangen war, dass ich nämlich keine Großmutter mehr hatte, er aber jetzt keine Mutter mehr. Wir sehen unsere Eltern meistens nur in Bezug auf uns, selten denken wir sie uns als die Männer unserer Mütter, die Kinder unserer Großeltern, Geschwister unserer Onkel und Tanten, und vielleicht besteht das Erwachsenwerden auch darin, zu begreifen, dass es sie nicht nur in Bezug auf uns gibt. Dass sie nicht nur Eltern sind, *unsere* Eltern.

Ehe ich mich schlafen legte, sah ich ihn dort ausgestreckt auf dem Rücken, ein Bein auf dem Sofa, eins auf dem Boden und den Arm über diesen blauen Augen, auf die meine Großmutter so stolz gewesen war, weil die Simóns mit den blauen Augen – meine Tante Ana Rosa, mein Vater, mein Cousin Pablo und eine meiner jüngsten Cousinen, Olivia – noch mehr Simóns sind. Danach rollte ich mich zusammen und dachte an meine Großmutter María Solo, die das Gegenteil von ihr, von der so hingebungsvollen und immer tüchtigen Mari Cruz gewesen war mit ihrem Witz und ihrer Art, mit nichts hinterm Berg zu halten. Meine Großmutter Mari Cruz würde mir niemals erscheinen, einfach, weil sie mir keinen Ärger machen wollte, mich nicht erschrecken, und weil mein Vater nun wirklich ein Ungläubiger war oder zumindest hatte ich das bis zu diesem Tag geglaubt, bis seine Mutter gestorben war und er unbedingt weiter die Totenwache für sie halten wollte, und mir aufging, dass er das tat, um noch einmal, ein letztes Mal von dem weißen Pferd zu träumen.

Aber sollte sie mir doch erscheinen müssen, dann hatte Marta zum Glück das mit der Brille bemerkt, und meine Großmutter hatte zum Glück in den über sechzig Jahren ihrer Ehe mit meinem Großvater jedes Mal »hat man sowas schon gehört« gesagt, wenn er den Herrgott verfluchte. Ein paar Abende nach dieser Nacht, die ich vollständig damit verbrachte, zu meinem Vater hinzuschielen, der sich auf dem Kunstledersofa herumwälzte, erfuhr ich, dass Koko, die Gorilladame, der man Gebärdensprache beigebracht hatte, ein Kätzchen besessen hatte, das von einem Auto überfahren wurde, und als man Koko fragte, was passiert sei, da weinte sie und antwortete, es sei blind geworden. Und ich glaube, daher kam die Angst meiner Cousine Marta, ihr Kummer darüber, dass niemand der Großmutter die Brille aufgesetzt hatte: Dass sie nie mehr etwas sehen würde. Die Aussicht, dass wir sie nie mehr wiedersehen würden, war nicht das Schmerzhafteste, das war auszuhalten, weil diejenigen, die weiterleben, den Tod eben aushalten, das eigentlich Schmerzhafte aber war: dass sie uns nie wieder würde sehen können. Weder uns noch die Kindeskinder, die wir ihr schenken würden in ihrer Abwesenheit.

Ebenfalls einige Nächte nach der, in der mir aufgefallen war, dass mein Vater eine Mutter gehabt hatte, die gerade gestorben war, sagte ich zu meiner Cousine María, die immer mit meiner Großmutter Mari Cruz im selben Haus gewohnt hatte, die ihr beim Abstauben der Familienfotos geholfen hatte und die tatsächlich neben ihrem Namen auch ihre Ruhe und ihr Händchen für Blumen geerbt hat, ich hätte immer den Verdacht gehabt, dass die Großmutter irgendwie an Gott glaubte, sie habe einmal, als ich an Karfreitag eine zerrissene Hose trug, zu mir gesagt, ich solle mich umziehen, der Herr sei gestorben, aber ich hätte sie nie danach gefragt.

María sagte, sie schon. Und ob ich die Antwort wissen wolle.

Die Geschichte vom Riesen

Die Geschichte vom Riesen

von Ana Iris und Javi Simón

DAVON, WAS SICH BEGAB, ALS DIE MÜHLE SARDINERO, DA KRIEG AUFZOG, ERNEUT DIE GESTALT EINES RIESEN ANNAHM UND DIE ANHÖHE VON CAMPO DE CRIPTANA, WO ER GEGEN QUIJOTE GEFOCHTEN HATTE, VERLIESS, UM ZU SEHEN, OB DIE GERÜCHTE WAHR SEIEN, ES GEBE VIER WEITERE VON SEINER ART IM BENACHBARTEN ORT ALCÁZAR DE SAN JUAN

»Allmächtiger!«, rief Sancho. »Habe ich Euch nicht gesagt, Ihr sollt achtgeben, was nur einer in den Wind schlagen kann, dem sich selbst eine Mühle im Kopf dreht?«
»Still, Sancho, mein Freund«, antwortete Don Quijote, »das Kriegsglück ist, mehr als alles andere, stetem Wandel unterworfen, und erst recht, weil ich denke, und so ist es auch, dass der weise Zauberer Frestón, der mir das Zimmer samt den Bü-

chern raubte, die Riesen in Mühlen verwandelt hat, um mir den Ruhm des Sieges zu nehmen, so sehr ist er mir feind. Doch schließlich und endlich werden seine bösen Künste wenig ausrichten gegen das gute Werk meines Schwertes.«

Don Quijote von der Mancha, Kapitel VIII

Ich hatte nicht die Absicht, sie zu erschrecken, tatsächlich wollte ich keinem etwas tun, schon gar nicht einem Menschen, der fähig wäre, mich zu erkennen, und nicht lediglich dächte, was für ein Hüne, ein großer. Ich sah mich vor, dass mir allenfalls ein Kind auf einem Fahrrad oder der Dorftrottel begegnen würden, und ich keinen Verdacht erregte. Daher wählte ich die zweite sakrosankte Stunde des Tages, annähernd so heilig wie die Siesta: die Frühstückspause. Und ich wählte den unantastbaren Monat, in dem alles beginnt und endet: den Monat der Weinlese. Über Jahrzehnte hatte ich das geplant. Eines Morgens würde ich, wenn der Zauber des weisen Frestón es gestattete und Juan der Müller nicht zugegen wäre, die Höhe hinab zum benachbarten Ort gehen, der den Namen Alcázar de San Juan trägt, und herausfinden, ob stimmt, was geraunt wird, dass sich dort vier weitere von uns fänden.

Und ich versichere euch, ich wollte niemand beunruhigen und schon gar nicht den ersten Erwachsenen, der mich nach Jahrhunderten zu erkennen vermochte, doch als ich am Moco-Brunnen hinabstieg, bedächtig und jeden Aufruhr vermeidend, da sah ich sie dort in ihrer Küche sitzen, ein Auge auf den Fernseher, eins auf die Straße gerichtet, hinter der halb geöffneten Gardine. Wie sie mich sah, erschrak sie ein wenig, doch ihr Blick wurde sogleich wieder gelassen und grün. Aus der Bewegung ihrer Lippen glaubte ich zu erraten, dass sie murmelte: »Hat man sowas schon gesehen, dann stimmt es also«, und damit zog sie die Gardine vor.

Ich habe mich mehr erschrocken als sie, denn nach Don Alonso hat mich kaum noch jemand als das zu erkennen gewusst, was ich bin, weder mich noch sonst einen von meinesgleichen, abgesehen von einer Handvoll Kinder und dem einen halbwüchsigen Carlisten, den aber niemand recht ernst nahm. Die Carlisten wurden ja überhaupt wenig ernst genommen. Da könnt ihr Valle-Inclán fragen, der mich wie Alonso und die Frau hinter der Gardine gewiss zu erkennen vermocht hätte.

Darüber sann ich nach, während ich noch etwas erschrocken die Calle el Cristo hinabstieg – denn nur weil einer ein Riese ist, ist er ja nicht aus Stein, zumindest nicht immer – und aus dem Tritt geriet. Die Straße hallte wider, jedoch nicht mehr als von einem Traktor auf dem Weg zur Kooperative, wie sie während der Lese häufig durchs Dorf fahren, sodass niemand meinem Sturz Beachtung schenkte.

Gemächlich gelangte ich sodann zur Landstraße, das Bein ein wenig schmerzend vom Sturz und nicht ohne eine gewisse Wehmut darüber, die Anhöhe zurückzulassen, die so lange mein Zuhause gewesen ist, und sei es auch nur für die wenigen Tage, die meine Reise und meine Fleischwerdung andauern würden. Doch wie groß meine Freude: Endlich würde ich sehen, ob das Gerücht von den vier Mitstreitern stimmte. Noch ein Raunen erreichte mich zuweilen, wenn der Moriscote bläst, es gebe neue Siedler von unserem Stamm. Schlankere, und sie bewegten sich hier und dort und würden »saubere Energie« genannt. Aber das würde ich mir ein andermal ansehen.

Ich gehe also verstohlen, dass mich bloß niemand sieht, doch Angst habe ich keine. Sehr bald werde ich zurück auf meinem Höhenzug sein, von wo aus ich Männer um ein verlorenes Reich habe weinen sehen wie Kinder und wo ich mit im Wind kreisenden Flügeln und »Ein Hoch auf die Ketten!« rufend erlebte, wie wir gegen die Franzosen zogen. Ich werde auf diesen Bergrücken zurückkehren, von wo aus ich gesehen habe, wie Getreidefelder, die die Tradition nährten, zu Weinbergen wurden, die die Modernität trübten, doch zuvor muss ich die Unseren suchen und ihnen berichten, dass niemand die Wahrheit hat glauben wollen, die da lautet, dass Frestón uns in Mühlen verwandelt hat, um Don Alonso den Ruhm eines Siegs über uns zu nehmen.

Dass Quijote natürlich recht hatte damit: Das Kriegsglück ist, mehr denn jedes andere, stetem Wandel unterworfen. Weshalb uns Frestón, wenn einer dräut, die Möglichkeit gewährt, für wenige Stunden in unsere Gestalt zurückzukehren. So lautete sein Fluch, weil wir vor Quijote zurückwichen und die Schlacht verloren gaben: In Zeiten des Friedens Mühlen zu sein und nur erneut Riesen zu werden, wenn Krieg aufzieht, und auch dann nur für die wenigen Stunden, die wir in jener Schlacht Don Alonso getrotzt haben.

Daher muss ich mich sputen, sonst verwandeln meine Arme sich erneut in Windmühlenflügel, und da ich nicht von Daphne'schem Liebreiz bin, wird niemand diesen Anblick schätzen. Ruhig schreite ich aus, den Blick nach vorn gerichtet, als von unten, von weit unten, ein Männlein mit klarem blauem Blick fragt, ob alles in Ordnung sei mit mir. Ich muss mich ein wenig bücken, um ihn zu verstehen, und da fällt mein Blick auf ein Schild hinter ihm, auf dem steht »ALCÁZAR DE SAN JUAN – ADIF«. Er sagt, ich würde bluten, würde eine Spur hinterlassen, und er bittet mich auf eine Bank, doch ich denke nur, dass ich endlich am Ziel bin.

Vorsichtig setze ich mich, es ist Jahrhunderte her, dass ich das tat. Das Männlein ist verwirrt: Sein Blick wandert von den Strömen aus Blut zu mir, zurück zu den Strömen aus Blut und wieder zu mir. »Der ist nicht bei Trost. Wie kann er nicht gemerkt haben, wie stark er blutet?«, wird er bei sich denken. »Für eine Mühle von meinen Ausmaßen«, entgegne ich bei mir, »ist es schwierig, aus den Fensterluken die unteren Windmühlenflügel zu sehen.« Aber das weiß er nicht. Oder ahnt er etwas? Macht er sich eine Vorstellung, wer, oder eher, was ich bin? Womöglich blickt er sich deshalb immer wieder unruhig nach mir um, während er die Straße hinunter davongeht.

Sofort bilden sich Grüppchen von Passanten, bleiben stehen, um die Blutlachen zu betrachten, die ich auf meinem Weg hier und da hinterlassen habe, oder fragen, was los ist. Offenbar suchen sie etwas zum Weitertragen. Meine Absicht, möglichst wenig aufzufallen, ist durchkreuzt, denn wenn etwas am Menschenschlag der Mancha unverändert ist seit dem letzten Mal, als ich menschliche Gestalt annahm, dann sind das, so sage ich mir, seine Klatschsucht und seine Freude am Weitererzählen.

Ich betrachte sie abschätzig, doch dann mit einem Lächeln, ehe mich jäh eine große Sorge befällt. Was nur wenige Menschen über uns, die Mühlenriesen, wissen, da die wenigsten unsere Doppelnatur als solche akzeptieren, die meisten unser Riesensein rundheraus abstreiten und so auch die damit einhergehenden Eigenheiten, was also nur wenige wissen, ist, dass unsere menschliche Gestalt und unsere architektonische Erscheinung untrennbar miteinander verknüpft sind und folglich jede Änderung der einen das Aussehen der anderen betrifft. Das heißt, kommt es zu nennenswerten Schäden in einer der beiden Formen, so müssen sie vor der Metamorphose behoben sein, da andernfalls nichts mehr zu machen ist.

Entsteht ein Schaden an einer Mühle, kann der, da sie in ihrer gewöhnlichen Form keine Anstalten zur Verwandlung in einen Riesen macht, in aller Ruhe beseitigt werden. Doch trägt der Riese die Wunde davon, so ist er, sofern sie nicht vor seiner Rückverwandlung in eine Mühle versorgt wird, dem Untergang geweiht, einerlei, wie gut der Müller das innere Getriebe zu reparieren versteht, die Splitter aus den Windmühlenflügeln zieht oder die Wände kalkt. So erging es dem unglücklichen Carcoma, gegen den der geistvolle Hidalgo auf dem Rücken von Rocinante mit seiner Lanze stürmte. In seinem Bestreben, Don Alonso zu schaden, beeilte sich der weise Frestón, uns in Mühlen zu verwandeln, machte Mauerwerk aus unserem Fleisch und Kalk aus unserer Haut, doch konnte er bei aller Hast nicht verhindern, dass die Lanze die Haut des armen Carcoma ritzte. Sodass Carcoma mit seiner offenen Wunde am Rumpf, einmal zur Mühle geworden, schließlich hinschied, Mauerstein um Mauerstein bröckelte, er eins wurde mit der rötlichen Erde, auf der er zuvor unerschütterlich aufragte. Und so gab man seinem Leichnam den Namen Molino Hundío, Übermannte Mühle.

Allein diese Sorge beschäftigt mich, während ich dort auf der Bank sitze und die Grüppchen aus Siebengescheiten sich um mich scharen. Es soll mir nicht ergehen wie Carcoma. Auch wenn unsere Ausmaße zyklopisch und wir unempfindlich sind gegen die eisigen Winde und die sengende Sonne auf dem Plateau, so fürchten wir Riesen uns doch vor dem Tod. Und wenn sich meine Nase plötzlich zurückverwandelt in den Steert, sie lang wird und aus festem Holz? Wird mein Hirn vom einen auf den anderen Augenblick zum Kammrad werden? Ist es mein Los, eine weitere Übermannte Mühle zu sein, gleich neben einer Bahnstation, fehl am Platz und fern von den Ihren? Zumindest würden dann, so tröste ich mich, die Ungläubigen zwangsläufig einsehen müssen, dass Don Quijote tatsächlich als Einziger bei Sinnen war.

Denn auch wenn der weise Frestón Don Alonso wahrlich nicht mit Wohlwollen begegnete, wird er doch nicht müde, mir zu wiederholen, in jüngster Zeit gebe es stetig weniger Quijotes: »Die Mancha, mein lieber Sardinero, die Mancha ist voller Sanchos. Die Welt ist voller Sanchos. Alle halten sich für ach so vernünftig, für völlig bei Trost und ungetrübtem Verstand. Nur begreifen sie nicht, dass sie, wenn sie den Zahlen nachjagen, dem Mess- und dem Greifbaren, so unvernünftig sind, das Opake beiseitezulassen, das Unsichtbare und die Intuition.« Bestätigt hatte er mir das nicht, doch ich vermute, dies war die Schlacht, für die Frestón mich erneut hatte zum Riesen werden lassen: die um die Vernunft.

Da fährt ein großer gelber Wagen vor. Während man mich, aufgrund meiner Ausmaße nicht ohne Mühe, dort hineinschafft, erklärt man mir, ich würde zu einem Apotheker oder Chirurgen gebracht, der meine Wunde behandelt. So wird heute nicht der Tag sein, an dem ich, wie Carcoma, übermannt werde.

Eine andere Sorge treibt mich hingegen weiterhin um und verhindert, dass ich mich entspanne, selbst als ich auf eine Art Tisch mit Rollen gelegt werde, über den mein halber Leib hinausragt. Ich werde nicht mit den Riesen von Alcázar sprechen können. Ich werde scheitern in meiner Mission. Ich hebe den Kopf und sehe noch einmal den kleinen Mann, der mich auf die Wunde hingewiesen hatte, den mit dem klaren Blick. Er ist zurückgekehrt, ehe sie mich in den Wagen verladen, um mich zum Apotheker zu fahren.

Seine Augen sind so blau wie zuvor, sein Blick unverändert fragend. Ich ahne darin das Alter, in dem einer die Wahrheit zu entdecken beginnt – die wahre, die von Don Alonso –, doch noch fürchtet er sich, ihr auf den Grund zu gehen. Seine Augen erinnern mich an die der alten Frau hinterm Fenster, die grün waren, fast grau, an ihr »Hat man sowas schon gesehen, dann stimmt es also« und an ihre Gelassenheit und Ruhe, als wüsste sie, dass sie die Wahrheit endlich gefunden hat – die wahre, die von Don Alonso –, und würde kein bisschen vor ihr zurückschrecken.

Als die Türen des gelben Wagens sich schließen, weiß ich, dass es keine Rolle spielt, ob weitere vier Jahrhunderte vergehen, ehe ich die vier von meiner Sippe kennenlerne, von denen es heißt, es gebe sie im benachbarten Ort Alcázar de San Juan. Der weise Frestón hatte recht, es bleiben nur wenige Quijotes, doch gab es, so widersprüchlich das ist, ja nie viele. Solange die Flamme ihres Geistes jedoch nicht erlischt, und ich habe sie flackern sehen in ihren Blicken, werden wir diese Schlacht gewinnen.

Zitatnachweise

S. 72: Antonio Machado, »Im Gedenken an Don Francisco Giner de los Ríos«, in: Antonio Machado, *Campos de Castilla – Kastilische Landschaften*, herausgegeben und übertragen von Fritz Vogelgsang, © Ammann Verlag: Zürich 2001.

S. 106: Sylvia Plath, *Die Tagebücher*, in der Übersetzung von Alissa Walser, © Frankfurter Verlagsanstalt: Frankfurt am Main 1997.

S. 200 et al.: Miguel de Cervantes Saavedra, *Der geistvolle Hidalgo Don Quijote de la Mancha*, Gesamtausgabe in einem Band, herausgegeben und neu übersetzt von Susanne Lange, © Carl Hanser Verlag: München 2008.

Alle anderen Zitate wurden von Svenja Becker direkt nach der spanischen Vorlage ins Deutsche übersetzt.